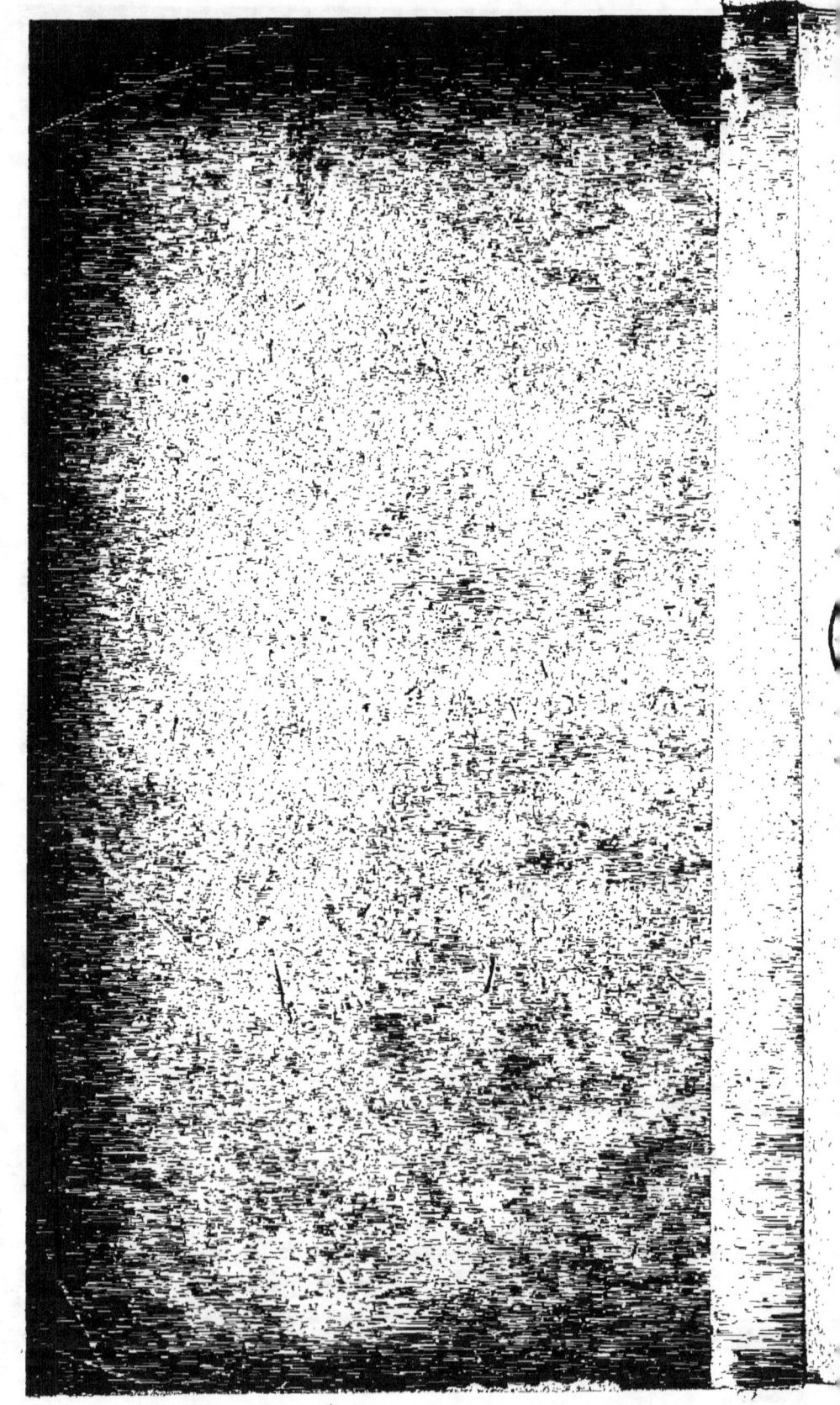

LA DAME DE LA MER

ŒUVRES DE HENRIK IBSEN

TRADUCTIONS DU COMTE PROZOR

HENRIK IBSEN

LA
DAME DE LA MER

PIÈCE EN 5 ACTES

TRADUCTION ET PRÉFACE

DE

M. PROZOR

PARIS

LIBRAIRIE ACADÉMIQUE

PERRIN ET Cⁱᵒ, LIBRAIRES-ÉDITEURS

35, QUAI DES GRANDS-AUGUSTINS, 35

1908

PRÉFACE

La Dame de la Mer n'a pas besoin d'être commentée. Ceux qui s'attachent au symbole peuvent se dire, s'ils veulent, qu'il y a dans chacun de nous une Ellida qui sommeille. Nous pouvons, sans trop de difficulté, nous découvrir des nostalgies secrètes vers un élément auquel nous appartenons et dont nous sommes séparés. Des systèmes philosophiques, — les plus beaux, — ont été fondés sur ce mystère de notre être intime, dont le moins poète d'entre nous a parfois conscience. Autour de cette vie secrète, les petits intérêts s'agitent, l'égoïsme ou l'abnégation font agir les hommes, l'existence quotidienne va son train.

Mais le mystère est en dehors de cette existence. Il rend ceux qu'il possède le plus puis-
samment étrangers à elle, marchant comme
dans une hallucination, obsédés, inquiétants.
Pour les âmes tendres et vibrantes, comme
celle de la petite Hilde, ils sont tantôt un objet
d'agacement, tantôt un objet d'attraction, un
stimulant, en tous cas, qu'il est bon ou mau-
vais, — on ne sait, — de rencontrer au seuil
de l'existence. Une autre pièce, *Solness le
Constructeur*, où nous retrouverons Hilde
Wangel, nous montrera ce qui en résulte. Dans
cette grande tragédie, qui ouvre la dernière
période d'Ibsen, la puissance de fascination
que Hilde transmettra, en quelque sorte, de-
viendra irrésistible et fatale. Dans *la Dame de
la Mer*, elle est encore conjurée, étouffée par
divers éléments auxquels, dans ses autres œu-
vres, le poète prête rarement ce pouvoir.
Ellida Wangel, retrouvée par celui qui pos-
séda son âme au temps où cette âme était
plongée dans son atmosphère natale, l'air du
libre océan, Ellida Wangel ne suit pas cet

étranger, vaincue qu'elle est par la générosité
d'un autre homme, de son mari, qui la laisse
maîtresse d'elle-même. L'air du *fiord*, à l'horizon étroit, où elle étouffait tout à l'heure, lui
est soudain devenu respirable. Elle est appri-
voisée. Elle se consacrera au culte du foyer
bourgeois d'un petit médecin de campagne,
borné, un peu ivrogne, mais si débonnaire
qu'il en est héroïque.

Elle se reconnaîtra des devoirs de famille.
L'une des deux filles issues d'un premier
mariage de Wangel, Bolette, épousant sage-
ment un galant professeur à lunettes d'or,
Ellida élèvera la cadette, Hilde. Nous verrons
dans *Solness* les singuliers fruits de cette édu-
cation, dont le pauvre *Constructeur* subira les
conséquences. Mais ici rien ne nous les fait
prévoir encore. Nous assistons, édifiés, à une
belle *moralité*, et même à deux. D'abord, voici
la lutte éternelle entre la détermination et le
libre arbitre et le triomphe de ce dernier. La
détermination revêt son plus vilain aspect,
celui de la suggestion passionnelle, je dirais

hypnotique, si Ibsen ne s'était gardé de préci-
ser la nature de ce pouvoir, tout en mention-
nant quelques symptômes connus : l'action à
distance, le trouble instinctif qui précède l'approche de celui dont on subit l'ascendant, et
enfin l'impression psychique devenant impression physiologique, visible et reconnaissable
dans les traits ou les yeux d'un enfant né
pendant que la mère était sous une influence
comme celle dont il s'agit ici.

Mais tout cela n'est qu'incident, cela ne
prend à aucun moment le caractère déplaisant
d'une démonstration pseudo-scientifique. Le
doute plane même sur la réalité de ces phéno-
mènes, dont la fantaisie maladive d'Ellida peut
fort bien avoir fait tous les frais. Il y a là, ce
qui est bien d'Ibsen, un problème, non une
thèse. Et surtout le poète évoque une figure
qui, toute vivante qu'elle est, jusqu'aux détails
pathologiques inclusivement, se revêt de poé-
sie, suggère cet ensemble de rêve et de pensée
qui est l'œuvre magique du maître, contre la
fantaisie de qui nous ne pouvons nous défendre,

pas plus qu'Ellida ne peut, sans l'intervention de Wangel, se défendre contre la volonté de *l'Etranger*.

Ce Wangel rompra-t-il le charme pour nous aussi? Nous réveillerons-nous, grâce à lui, d'un rêve poétique pour nous trouver dans une réalité bourgeoise? Voyons un peu. Wangel est la figure centrale de la seconde *moralité* que nous apercevons dans *la Dame de la Mer*. Si Ellida subit alternativement l'action de la fatalité et celle de la liberté, c'est Wangel qui substitue la seconde à la première. C'est lui qui, par l'amour qu'on aime à appeler vrai, par l'amour fait de sacrifice, de dévouement, de renonciation, opère la transformation, accomplit le prodige, ce prodige que Nora attendait de son mari et que le prétentieux Helmer était bien incapable de réaliser, tandis que le simple Wangel le fait avec une touchante facilité. Tout le monde ne sera peut-être pas convaincu que la meilleure façon de ramener à soi une femme hallucinée du fait d'un autre soit de lui laisser la liberté du choix.

Mais que ceux qui en doutent réfléchissent à la condition à laquelle opère le remède héroïque du Dr Wangel. Sa femme sent qu'il agit sous l'inspiration de cet amour, dont je parlais tout à l'heure, et qu'on pourrait appeler *l'amour germanique*, par opposition à l'autre, qui serait alors *l'amour espagnol*, celui que la langue espagnole elle-même confond avec la volonté en les désignant l'un et l'autre par un seul mot : *el querer*, mot où le génie de cette langue admirable a ainsi placé d'avance toute la philosophie de Schopenhauer. Il n'y a pas jusqu'à l'amour divin qui ne rentre dans cette conception. Il est certain que sur Thérèse d'Avila, consumée par les rayons célestes, c'est par la fascination et non par le sacrifice qu'agissait Celui qui l'appelait à lui. Quelle différence d'avec les Catherine Emmerich et les âmes extatiques des pays germains ! Ces dernières aiment surtout Celui qui a souffert pour elle, jusqu'à la mort volontaire. La forme que l'idéal chrétien revêt pour elles, comme pour toute leur race, est bien caractéristique. L'acte suprême qui a transformé la conscience religieuse de notre humanité est surtout désigné en pays germanique par le mot de *Réconciliation, Versöhnung*. Nous disons *Rédemption*; nous nous attachons au résultat tangible et pratique de cet acte. Ces âmes tendres vont plus loin. Le bonheur suprême pour elles n'est pas d'être rachetées, il est d'être réconciliées avec le Maître.

Ibsen écrivit *la Dame de la mer* à Munich. Quelques années plus tôt, ayant achevé à Dresde une autre pièce, *l'Union des Jeunes*, si je ne me trompe, il répondait à peu près ainsi aux félicitations d'un ami norvégien : « Ne m'en parlez pas! il règne là dedans je ne sais quelle odeur de bière et de beurrées. On n'échappe pas au milieu où on se trouve. » Quelque temps après, il s'affranchissait de ce milieu et allait à Capri, écrire *les Revenants*, où l'on ne sent certes pas de fades relents. Munich n'est pas Dresde. Les vénérables brasseries où les pots des grès passent des mains nerveuses de l'artiste aux mains gantées du prince du sang, puis aux mains calleuses de l'ouvrier ou du

cocher de fiacre, sont loin de la terrasse de
Bruhl, où les bonnes dames potinent en trico-
tant, dégustent longuement leur pâle café, et
sourient à leur petite fleur bleue, à elles, à la
petite fleur qui orne le fond des tasses, —
Blühmchen-Kaffee. Mais Munich c'est encore
le pays où l'on demande, pour s'émouvoir, *la
Réconciliation,*— *Versöhnung.* On la demandait
à Ibsen avec insistance, surtout, après *Rosmers-
holm,* qu'il venait de rapporter d'une excur-
sion en Norwège. Et, avant cela, *Maison de
Poupée, le Canard sauvage* manquaient terri-
blement de *Versöhnung.* On les applaudissait
tout de même, mais on n'était pas satisfait
comme on aurait voulu l'être. Il céda et donna,
dans *la Dame de la Mer,* de la réconciliation
à ceux qui lui en demandaient. Après quoi,
il écrivit *Hedda Gabler,* et se réconcilia avec
lui-même.

Cependant, avec cette sournoiserie d'éter-
nel enfant, d'artiste, dont il était coutumier, il
avait introduit dans sa pièce, destinée aux cœurs
qui battaient autour de lui, une étrange petite

figure. Elle amusait les uns, enchantait les autres par la merveilleuse divination qui s'y trahissait de ces natures d'adolescentes qu'on aime, en Germanie, à voir étudiées au théâtre. Mais personne ne pouvait soupçonner en elle la Hilde de plus tard. Lui, cependant, la connaissait. Il savait ce qu'elle deviendrait. C'était l'élément satanique introduit subrepticement dans cette *moralité* qui fait apparaître comme fin désirable le retour au foyer et la conquête par la famille de celle que des forces obscures arrachaient à la vie familiale. Ces forces renaîtront dans Hilde, qui ne les aura pas impunément senties à côté d'elle, dans Hilde, l'émancipatrice meurtrière, à laquelle on ne résiste pas quand on est un Ibsen. Je ne sais où il serait arrivé s'il avait continué dans la direction que paraissait indiquer *la Dame de la mer*. Mais nous avons vu où il est arrivé en l'abandonnant : nous l'avons vu finir par *Quand nous nous réveillerons*, le monument le plus grandiose qu'un poète de son espèce pouvait ériger sur sa propre tombe.

Et maintenant, comme *la Dame de la mer* et *Solness le Constructeur* sont deux drames très courts malgré le nombre d'actes, ne pourrait-on pas, un beau soir, présenter aux fidèles d'Ibsen Hilde tout entière? Qu'en pense mon ami et frère d'armes Lugné-Poë, qui a tous les courages?

J'ai, plusieurs fois, terminé mes modestes préfaces par des conseils aux interprètes. Je ne sais trop si ces conseils ne seront pas super-flus ici. Ellida et Wangel se souviendront que Bolette et Hilde soupçonnaient leur père de donner à sa femme « des drogues » pour calmer son inquiétude, ce qui serait certes l'œuvre d'un inconscient, mais ce qui fournit une précieuse indication de scène. Le soupçon n'est pas fondé; toutefois, il est possible. Ellida, si l'on ignore ce qui se passe en elle, a l'air, en effet, d'avoir reçu une piqûre de morphine. Quand on est renseigné, on reconnaît l'erreur. Mais il faut qu'elle soit admissible. Ibsen veut faire de la vie sur la scène, de la vie telle qu'il la comprend, composée d'éléments psychiques et physiologiques combinés.

L'observation confirme, d'ailleurs, cette manière de voir, qu'on doit aider le dramaturge à communiquer à son public, puisqu'elle est en relation avec tout l'esprit de son œuvre. Ainsi, il est avéré qu'un état comme celui d'Ellida, qu'on l'appelle pathologique ou métaphysique, comme on veut, peut être soit congénital, soit provoqué par un entraînement religieux ou mystique aussi bien que par de simples « drogues ». Certaines personnes s'en servent pour hâter les résultats qu'elles veulent obtenir. Moyens psychiques ou physiques agissent sur le cerveau de la même façon. Il y a toujours dans leur emploi un élément de volonté, à côté d'un penchant développé par l'usage. De même, l'hallucination passionnelle d'Ellida est, en partie, volontaire. Elle la redoute et s'y complaît, jusqu'au moment du dégrisement et de la guérison. Est-ce bien difficile à comprendre pour une artiste ? Je ne le crois pas.

Quant à Wangel, un homme que ses enfants peuvent tout naturellement croire capable

b

d'exercer ces pratiques sur sa femme, pour
avoir un visage souriant à ses côtés, est, cela va
sans dire, un impulsif, du moins dans une certaine
mesure. Je sais bien que les médecins ont souvent, à cet égard, une mentalité particulière.
Mais cela ne revient-il pas à dire que sa profes-
sion même rend plus d'un médecin impulsif?
C'est le cas de Wangel qui, s'il ne traite pas sa
femme par les narcotiques, se traite, en tout
cas, lui-même par les spiritueux; on ne le voit
pas en user sur la scène et ils n'influent sur rien
de ce qu'il dit ni de ce qu'il fait pendant toute
la durée de l'action. Mais ce n'en sont pas moins
là des traits de caractère qui doivent se refléter
dans sa physionomie : vivacité d'allures un peu
fébrile, inquiétude, alternatives d'hésitation et
de résolution subite. Avec cela, tout ce que
comportent ses actes, qui peuvent s'élever jusqu'au sublime. C'est une vraie nature du Nord,
de celles que Dostoievsky surtout nous a révé-
lées, mais tempérée par un sentiment scandi-
nave de devoir et de mesure, auquel n'échappent, chez Ibsen, que certains bohêmes, dont

Wangel n'est pas. Cependant, c'est le père de Hilde. Il faut le montrer un peu :

On voit que, si Ellida est singulière, Wangel lui-même échappe à la banalité et que, malgré tout, la tonalité de la pièce rentre dans celle de l'œuvre entière d'Ibsen. Je n'ai pas besoin d'appuyer encore sur le personnage de Hilde. Je ne voudrais pas le faire, de peur qu'on ne fût tenté de le porter au premier plan. L'auteur ne l'y a pas placé. Mais il le réserve à de grandes destinées et on n'a pas le droit de le sacrifier. Une artiste intelligente saura, discrètement, en faire valoir, dès ce moment, le côté troublant, pour le mettre en pleine lumière plus tard, quand elle jouera la Hilde de *Solness*. Les deux rôles, selon moi, peuvent très bien n'en faire qu'un. Et je reviens à mon idée d'un spectacle combiné, qui ne me paraît pas irréalisable.

M. PROZOR.

LA DAME DE LA MER

PERSONNAGES

LE Dʳ WANGEL, médecin de district.

ELLIDA WANGEL, sa seconde femme.

BOLETTE
HILDE, adolescente } ses filles d'un premier mariage.

ARNHOLM, professeur de collège.

LYNGSTRAND.

BALLESTED.

UN ÉTRANGER.

Jeunes gens et jeunes filles de la localité.

Touristes.

Etrangers en villégiature.

L'action se passe en été, dans une petite station balnéaire aux bords d'un fiord, sur la côte septentrionale de la Norvège.

LA DAME DE LA MER

ACTE PREMIER

(A gauche, la maison du docteur Wangel avec une vérandah couverte. Elle est située dans un jardin. Au bas de la
vérandah, un grand mât à pavillon. A droite, dans le jardin,
un berceau de verdure, meublé d'une table et de quelques
chaises. Au fond, une haie vive, avec une petite porte d'entrée. Derrière la haie, une avenue longe la côte. Entre les
arbres, on aperçoit le fiord et, par delà, au loin, une chaîne de
hautes montagnes, avec quelques pics. Chaude et lumineuse
matinée d'été.)

(*Ballested*, entre deux âges, vêtu d'un veston et coiffé d'un
chapeau d'artiste à large bord, se tient au bas du mât et
arrange les cordages. Le pavillon est à côté de lui, par terre.
Un peu plus loin, un chevalet portant une toile tendue. A
côté, sur un pliant, des pinceaux, une boîte à couleurs et
une palette.)

(*Bolette Wangel*, sortant de la maison, paraît sur la vérandah. Elle apporte un grand vase de fleurs et le pose sur
la table.)

BOLETTE

Eh bien, Ballested ? Vous arriverez à le hisser ?

BALLESTED

Certainement, Mademoiselle, sans difficulté. Est-il indiscret de vous demander si vous attendez du monde ?

BOLETTE

Oui, le professeur Arnholm. Il est arrivé cette nuit et viendra nous voir tout à l'heure.

BALLESTED

Arnholm ? Attendez un peu. N'est-ce pas le nom de votre ancien précepteur ?

BOLETTE

Eh oui ! C'est bien de lui qu'il s'agit.

BALLESTED

Tiens, tiens. Il est donc revenu dans ces parages ?

BOLETTE

C'est en son honneur que nous pavoisons.

BALLESTED.

Naturellement.

> (Bolette entre au salon. Un moment après, Lyngstrand arrive de droite, par l'avenue qui longe la côte. Apercevant le chevalet et la boîte à peinture, il s'arrête, intéressé. C'est un jeune homme frêle, pauvrement mais convenablement vêtu, l'air faible et maladif.)

LYNGSTRAND, de derrière la baie.

Bonjour.

BALLESTED, se retournant.

Oh...! Bonjour. (Il hisse le pavillon.) Allons, voici qui est fait. (Il fixe la corde et s'approche du chevalet.) Bonjour. J'ai bien l'honneur... Je ne crois pas avoir l'avantage...

LYNGSTRAND

Vous êtes peintre ?

BALLESTED

Naturellement. Et autre chose encore.

LYNGSTRAND

Je m'en aperçois. Puis-je entrer un moment ?

BALLESTED

Pour voir de près ?

LYNGSTRAND

Avec votre permission.

BALLESTED

Oh ! il n'y a pas encore grand'chose à voir. Mais veuillez approcher. Entrez donc, s'il vous plaît.

LYNGSTRAND

Je vous remercie.

(Il entre.)

BALLESTED, peignant.

Vous voyez : c'est le fiord qu'on aperçoit entre les îles.

LYNGSTRAND

Oui, je vois bien.

BALLESTED

Mais il manque une figure au tableau. Pas moyen de dénicher un modèle dans cette contrée.

LYNGSTRAND

Vous voulez mettre une figure dans le paysage ?

BALLESTED

Oui, au premier plan, sur la falaise, on verra une sirène à demi morte.

LYNGSTRAND

A demi morte ? Pourquoi cela ?

BALLESTED

Elle s'est égarée et ne peut plus retrouver le chemin de la mer. Alors elle défaille, elle agonise dans la lagune. Vous comprenez ?

LYNGSTRAND

Parfaitement...

BALLESTED

C'est la maîtresse de céans qui m'a donné cette idée.

LYNGSTRAND

Et comment appellerez-vous ce tableau ?

BALLESTED

Je compte l'appeler : « la Mort de la sirène. »

LYNGSTRAND

C'est bien trouvé. Il y a quelque chose à tirer du sujet.

BALLESTED, le regardant.

Vous êtes peut-être du métier ?

LYNGSTRAND

Vous voulez dire peintre?

BALLESTED

Oui.

LYNGSTRAND

Non, mais je voudrais faire de la sculpture. Je m'appelle Hans Lyngstrand.

BALLESTED

Ah! Vous voulez être sculpteur! Eh oui! encore un art chic, la sculpture. — Je crois vous avoir rencontré dans la rue, une couple de fois. Y a-t-il longtemps que vous êtes ici?

LYNGSTRAND

Une quinzaine de jours. Mais je tâcherai d'y passer l'été.

BALLESTED

Pour prendre des bains, je suppose?

LYNGSTRAND

Oui, pour prendre un peu de forces.

BALLESTED

Seriez-vous faible de santé?

LYNGSTRAND

Un peu. Oh! ce n'est pas bien dangereux. J'ai parfois de la difficulté à respirer : c'est tout.

BALLESTED

Oui, oui! Des bagatelles! N'importe : vous feriez bien de vous adresser à un bon médecin.

LYNGSTRAND

J'avais justement l'intention de consulter le docteur Wangel... un jour ou l'autre.

BALLESTED

Vous feriez bien... (Regardant à gauche.) Voici encore un bateau plein de passagers. C'est étonnant ce qu'il vient ici de touristes depuis quelques années.

LYNGSTRAND

Oui, cela paraît très animé.

BALLESTED

Et des baigneurs! C'en est plein. Je crains souvent que cette affluence d'étrangers ne gâte le cachet de notre bonne vieille ville.

LYNGSTRAND

Vous êtes du pays.

BALLESTED

Non, mais je me suis acclimaté ici. Je tiens au pays par les liens du temps et de l'habitude.

LYNGSTRAND

Il y a donc longtemps que vous l'habitez?

BALLESTED

Eh ! quelque seize à dix-sept ans. Je suis arrivé avec la troupe Skiève, pour faire du théâtre. Mais nous avons essuyé des revers. L'entreprise a sombré et la troupe s'est dispersée aux quatre vents.

LYNGSTRAND

Quant à vous, vous êtes resté ici.

BALLESTED

Oui, et je m'en suis bien trouvé. A vrai dire, je travaillais surtout aux décors.

(Bolette revient avec une chaise à bascule, qu'elle dispose sur la vérandah.)

BOLETTE, tournée vers la porte du salon.

Dis donc, Hilde, tu ne retrouves pas le tabouret que nous avons brodé pour père ?

LYNGSTRAND, s'approchant de la vérandah et saluant.

Bonjour, mademoiselle Wangel.

BOLETTE, à la balustrade.

Comment ! c'est vous, monsieur Lyngstrand ? Bonjour. Excusez-moi un instant, — il faut que je...

BALLESTED

Vous connaissez la famille Wangel ?

LYNGSTRAND

Très peu. Je rencontre ces demoiselles de temps en temps. Et j'ai échangé quelques mots avec madame, à la musique, la dernière fois qu'on en a fait au Belvédère. Elle m'a engagé à venir les voir.

BALLESTED

Eh bien ! si vous m'en croyez, vous cultiverez ces relations.

LYNGSTRAND

J'ai songé, en effet, à leur faire ma visite — une visite en règle, — si je trouvais quelque prétexte pour cela.

BALLESTED

Ah bast! Un prétexte... (Regardant à gauche.) Sapristi ! (Il rassemble la boîte à peinture et le reste.) Le bateau est amarré. Il me faut courir à l'hôtel. On pourrait avoir besoin de moi. Il faut que je vous dise que je fais également la barbe et la coiffure.

LYNGSTRAND

Vous semblez avoir beaucoup de cordes à votre arc.

BALLESTED

Il faut faire tous les métiers, dans une petite ville comme celle-ci. Si jamais vous aviez besoin de pommade ou d'autres objets de toilette, demandez l'adresse de M. Ballested, maître de danse.

LYNGSTRAND

Maître de danse ?...

BALLESTED

Président de la Fanfare, si vous aimez mieux. Ce soir, concert au Belvédère. Adieu, adieu !

(Il sort, par la porte du jardin, emportant la boîte à peinture et le reste, et disparaît à gauche.)
(Hilde entre, tenant le tabouret. Bolette apporte de nouvelles fleurs. Lyngstrand, du jardin, salue Hilde.)

HILDE, à la balustrade, sans rendre le salut.

Bolette me dit que vous vous êtes aventuré jusqu'ici.

LYNGSTRAND

Oui, j'ai pris la liberté d'entrer.

HILDE

Avez-vous fait votre promenade du matin ?

LYNGSTRAND

Oh ! Elle n'a pas été longue, aujourd'hui.

HILDE

Avez-vous pris votre bain de mer, au moins ?

LYNGSTRAND

Oui, je suis entré dans l'eau un instant. En reve-
nant, j'ai rencontré votre mère. Elle se dirigeait
vers sa cabine de bains.

HILDE

Qui avez-vous rencontré, dites-vous?

LYNGSTRAND

Votre mère.

HILDE

Oh! Vous savez...

(Elle place le tabouret devant la chaise à bascule.)

BOLETTE, l'interrompant.

Avez-vous aperçu le bateau de notre père?

LYNGSTRAND

Oui, je crois avoir vu un bateau à voiles se diri-
ger vers le port.

BOLETTE

Cela doit être lui. Il est allé aux îles visiter un
malade.

(Elle range divers objets sur la table.)

LYNGSTRAND, un pied sur la première marche de l'escalier de
la vérandah.

Que c'est beau, toutes ces fleurs!

BOLETTE

N'est-ce pas?

LYNGSTRAND

Délicieux. Il y a donc fête chez vous, aujour-
d'hui?

HILDE

Mais oui, il y a fête.

LYNGSTRAND

Je m'en doutais. Sans doute, le jour de naissance
de votre père.

BOLETTE, à Hilde, comme pour l'arrêter.

Hem, hem!

HILDE, sans se soucier du mouvement.

Non, celui de notre mère.

LYNGSTRAND

Ah! celui de madame votre mère?

BOLETTE, bas, irritée.

Voyons, Hilde!

HILDE, de même.

Laisse-moi tranquille! (A Lyngstrand.) Vous allez
rentrer déjeuner, n'est-ce pas?

LYNGSTRAND, descendant l'escalier.

Oui, je devrais bien prendre quelque chose.

HILDE

On est bien, à ce qu'il paraît, dans votre hôtel ?

LYNGSTRAND

Je ne demeure plus à l'hôtel. C'était trop cher.

HILDE

Où demeurez-vous donc?

LYNGSTRAND

Je demeure maintenant là haut, chez Mme Jensen.

HILDE

Quelle Mme Jensen?

LYNGSTRAND

La sage-femme.

HILDE

Excusez-moi, monsieur Lyngstrand,— mais j'ai vraiment autre chose à faire que de...

LYNGSTRAND

Oh! Je n'aurais pas dû dire cela.

HILDE

Quoi?

LYNGSTRAND

Ce que je viens de dire.

HILDE, le toisant avec humeur.

Je ne vous comprends pas.

LYNGSTRAND

Non, non, c'est bien. Au revoir donc, Mesdemoi-selles, il est temps que je m'en aille.

BOLETTE, s'approchant de l'escalier.

Au revoir, monsieur Lyngstrand. Vous nous excuserez pour aujourd'hui. Mais un autre jour, — si vous en avez le temps, — et si le cœur vous en dit, — venez donc voir père, — venez nous voir.

LYNGSTRAND

Merci, Mademoiselle. Avec grand plaisir.

(Il salue et sort par la porte du jardin. Arrivé à l'avenue, il se retourne et envoie encore un salut à la vérandah.)

HILDE, à demi voix.

Adieu, Môsieur ! Mes compliments à la mère Jensen.

BOLETTE, bas, lui secouant le bras.

Hilde ! Méchante gamine ! Es-tu folle ? Il peut t'entendre !

HILDE

Zut ! Que veux-tu que cela me fasse ?

BOLETTE, regardant à droite.

Voici père.

(Le docteur Wangel, en habit de voyage, un sac de voyage à la main, vient de droite.)

WANGEL

Bonjour, les petites, me voici de retour.

(Il entre par la porte de la grille.)

BOLETTE, descend dans le jardin et va à sa rencontre.

Quelle joie que tu sois rentré !

HILDE, allant également à sa rencontre.

Tu es libre pour toute la journée, père ?

WANGEL

Oh non ! Il faudra tantôt que j'aille au bureau pour un moment. — Dites donc, — savez-vous si Arnholm est arrivé ?

BOLETTE

Oui, il est arrivé cette nuit. On est venu de l'hôtel nous en prévenir.

WANGEL

Ainsi vous ne l'avez pas encore vu ?

2

BOLETTE

Non, mais il viendra ici d'un instant à l'autre.

WANGEL

J'en suis sûr.

HILDE, le tirant par la manche.

Regarde un peu, père.

WANGEL

Je vois bien, mes enfants. — Cela a un air de fête ici.

BOLETTE

N'est-ce pas ? Nous avons bien fait les choses ?

WANGEL

Assurément... Et... nous sommes seuls...

HILDE

Oui, elle est au...

BOLETTE, l'interrompant vivement.

Mère est au bain.

WANGEL, regarde affectueusement Bolette et lui caresse la tête. Avec un peu d'hésitation.

Ecoutez, mes petites, comptez-vous pavoiser ainsi toute la journée ?

HILDE

Voyons, tu n'en doutes pas, père ?

BOLETTE, clignant des yeux et lui faisant un signe de tête.

Tu comprends que tout cela c'est en l'honneur du professeur Arnholm. Quand un ami comme lui vient te voir après une longue absence...

HILDE, souriant et le secouant par la manche.

Le précepteur de Bolette, père...

WANGEL, avec un demi-sourire.

Ah ! Vous êtes deux petites polissonnes... Eh mon Dieu ! qu'y a-t-il de plus naturel, après tout, que ce souvenir donné à celle qui n'est plus. Pourtant... Tiens, Hilde (il lui tend son sac de voyage), porte cela au bureau... Non, mes enfants, — je n'aime pas cela... Cette façon d'agir, vous comprenez... Cette répétition annuelle... Allons! que voulez-vous! Il paraît que c'est inévitable.

HILDE, sur le point de traverser le jardin pour aller déposer le sac de voyage, se retourne et fait un signe vers l'avenue.

Regardez donc ce monsieur qui vient par là. C'est pour sûr le professeur.

BOLETTE, regarde.

Allons donc! (Riant.) Ce bonhomme? Ce serait Arnholm?

WANGEL

Attendez un peu, mes enfants. Mais oui, je ne me trompe pas ! C'est bien lui !

BOLETTE, regardant, avec une stupeur contenue.

C'est, ma foi, vrai, je le reconnais maintenant!

(Le professeur Arnholm, en tenue du matin élégante, salue affectueusement et entre par la porte de la haie, venant de gauche. Lunettes montées en or. Grosse canne à la main. Air un peu surmené.)

WANGEL, allant à sa rencontre.

Soyez le bienvenu, mon cher professeur ! Le bienvenu dans la vieille demeure que vous connaissez si bien !

ARNHOLM

Merci, docteur Wangel, merci. Je vous remercie de tout mon cœur.

(Ils se serrent les mains et traversent le jardin.)

ARNHOLM

Et voici les enfants ! (Il leur tend les mains et les regarde.) J'aurais eu de la peine à les reconnaître, l'une et l'autre.

WANGEL

Je pense bien.

ARNHOLM

Si, peut-être bien Bolette... Je crois que j'aurais reconnu Bolette.

WANGEL

Difficilement. Eh! il y a huit à neuf ans que vous ne l'avez vue. Bien des choses ont changé ici depuis lors.

ARNHOLM, promenant son regard autour de lui.

Il me semble que non, si ce n'est que les arbres ont un peu grandi, et que vous avez construit ce pavillon.

WANGEL

Je ne parle pas de l'aspect des choses.

ARNHOLM, souriant.

C'est vrai : vous voici père aujourd'hui de deux grandes jeunes filles, de deux demoiselles à marier.

WANGEL

Oh! il n'y en a qu'une qui soit vraiment à marier.

HILDE, à demi voix.

Allons donc, père !

WANGEL

Et maintenant, allons nous asseoir sur la vérandah. Il y fait plus frais qu'ici. Passez devant, s'il
vous plaît.

ARNHOLM

Merci, cher docteur.

> (Ils montent. Wangel fait asseoir Arnholm dans
> le fauteuil à bascule.)

WANGEL

C'est cela. Mettez-vous bien à l'aise et reposez-
vous. Vous me paraissez un peu fatigué.

ARNHOLM

Oh! ce n'est rien. Il me suffira d'être au milieu
de vous pour...

BOLETTE, à Wangel.

Faut-il apporter du soda et du sirop au salon?
Il fera trop chaud ici dans un instant.

WANGEL

Oui, fillettes. Allez vous occuper de cela. Ap-
portez-nous du soda et du sirop. Et peut-être un
peu de cognac.

BOLETTE

Du cognac?

WANGEL

Une goutte, pour le cas où quelqu'un voudrait en prendre.

BOLETTE

C'est bien. Toi, Hilde, porte le sac au bureau.

(Bolette entre au salon et referme la porte derrière elle. Hilde prend le sac de voyage et descend au jardin pour faire le tour de la maison.)

ARNHOLM, qui a suivi des yeux Bolette.

Superbe, en vérité... Ah oui! c'est une superbe fillette... deux superbes fillettes que vous avez là.

WANGEL, s'asseyant.

N'est-ce pas ?

ARNHOLM

Oui, cette Bolette est étonnante. Hilde aussi... Mais parlons de vous, cher docteur... Vous êtes donc établi ici pour le reste de vos jours ?

WANGEL

Eh oui ! probablement. N'est-ce pas ici le berceau de mon enfance? J'y ai vécu heureux avec celle qui nous a quittés si tôt. Celle que vous avez connue, Arnholm.

ARNHOLM

Oui, oui.

WANGEL

Et maintenant je vis heureux avec celle qui lui a succédé. Ah! à tout prendre je ne puis pas me plaindre du sort.

ARNHOLM

Cependant vous n'avez pas d'enfants de votre second mariage?

WANGEL

Il nous est né un garçon il y a deux ans et demi environ. Mais nous l'avons perdu très tôt. Il n'a vécu que quatre à cinq mois.

ARNHOLM

Votre femme est sortie?

WANGEL

Elle ne tardera pas à rentrer. Elle prend son bain de mer. Elle le prend tous les jours dans cette saison, quelque temps qu'il fasse.

ARNHOLM

Serait-elle souffrante ?

WANGEL

Pas précisément. Cependant, elle est singuliè-rement nerveuse depuis deux ans. Je ne sais au juste ce qui se passe en elle. Mais on dirait qu'il n'y a pas pour elle d'autre joie, d'autre bonheur que de se plonger ainsi dans la mer.

ARNHOLM

C'est bien cela, je m'en souviens.

WANGEL, avec un sourire à peine perceptible.

C'est vrai, vous avez connu Ellida du temps où vous étiez précepteur à Skioldviken.

ARNHOLM

Oui, elle venait souvent au presbytère, mais je la voyais surtout chez son père, quand j'allais au phare.

WANGEL

Savez-vous que cette période de sa vie a laissé en elle des traces profondes? On ne la comprend pas ici. On l'appelle « la Dame de la mer ».

ARNHOLM

Vraiment?

WANGEL

Oui. Aussi ai-je eu l'idée... Si vous lui parliez du passé, Arnholm?... Cela lui ferait du bien.

ARNHOLM, avec un regard de doute.

Vous croyez?

WANGEL

Oui, j'ai mes raisons pour cela.

VOIX D'ELLIDA, au jardin, à droite.

C'est toi, Wangel?

WANGEL, se levant.

Oui, ma chérie.

> (Ellida Wangel, enveloppée dans un grand pei-
> gnoir, les cheveux épars sur les épaules, apparaît
> entre les arbres près du pavillon. Arnholm se lève.)

WANGEL, sourit et lui tend les mains.

Voici justement la Dame de la mer!

ELLIDA, monte vivement les marches de l'escalier et lui saisit
les mains.

Dieu soit loué, tu es de retour. Quand es-tu
rentré ?

WANGEL

A l'instant. (Montrant Arnholm.) Tu ne dis pas bonjour à un vieil ami?

ELLIDA, tendant la main à Arnholm.

Vous voici! Soyez le bienvenu! Pardon, si je
n'étais pas là pour vous recevoir.

ARNHOLM

Allons donc! Pas de façons avec moi, je vous en prie!

WANGEL

L'eau était-elle bien fraîche ce matin?

ELLIDA

Fraîche! Ah Dieu, non! Elle n'est jamais fraîche ici. Elle est tiède, veule, flasque, pouah! L'eau des fiords est une eau malade.

ARNHOLM

Malade?

ELLIDA

Oui, malade. Et l'on dirait qu'elle rend malade.

WANGEL, souriant.

Eh bien! Voilà une belle réclame pour l'établissement.

ARNHOLM

Je crois plutôt qu'il y a une affinité entre vous, la mer, et tout ce qui tient à la mer.

ELLIDA

Peut-être. C'est un peu ce que je sens. Mais vous

ne remarquez pas tout ce que les fillettes ont préparé en votre honneur?

WANGEL, embarrassé.

Hem... (Regardant sa montre.) Il e t bientôt temps que j'aille...

ARNHOLM

Est-ce vraiment en mon honneur?

ELLIDA

Naturellement. Nous ne pavoisons pas ainsi tous les jours. — Ouf, — qu'il fait étouffant sous ce toit? (Descendant au jardin.) Venez ici! On y sent, du moins, un peu d'air.

(Elle s'assied dans le pavillon.)

ARNHOLM, la rejoignant.

Je crois même qu'il y en a beaucoup, et de très frais.

ELLIDA

Oui, pour vous qui êtes habitué à l'air accablant de la capitale. On le dit irrespirable en été.

WANGEL, qui est également descendu au jardin.

Hem, ma chère Ellida, il faut que je te laisse seule un instant avec notre ami.

ELLIDA

Tu as à faire?

WANGEL

Oui, je vais passer au bureau. Et puis, il me faut faire un bout de toilette. Mais je ne tarderai pas à revenir.

ARNHOLM, s'asseyant dans le pavillon.

Ne vous pressez pas, mon cher docteur. Votre femme et moi, nous saurons tuer le temps.

WANGEL, avec un hochement de tête.

J'y compte bien... Ainsi, au revoir.

(Il traverse le jardin et disparaît à gauche.)

ELLIDA, après un silence.

On est bien ici, ne trouvez-vous pas?

ARNHOLM

Je suis bien ici.

ELLIDA

Ce pavillon est mon pavillon, c'est moi qui l'ai fait construire. Ou plutôt c'est Wangel qui l'a fait construire pour moi.

ARNHOLM

Et c'est ici que vous vous tenez d'habitude?

ELLIDA

Oui, c'est ici que je viens m'établir...

ARNHOLM

Avec les fillettes?

ELLIDA

Non, les fillettes préfèrent la vérandah.

ARNHOLM

Et Wangel?

ELLIDA

Oh! Wangel va et vient. Il est tantôt avec moi, tantôt avec les enfants.

ARNHOLM

Est-ce vous qui avez ainsi réglé votre existence?

ELLIDA

Il me semble que tout le monde s'en trouve bien. Nous pouvons toujours nous parler à distance, quand nous croyons avoir quelque chose à nous dire.

ARNHOLM, après un silence, paraît.

La dernière fois que nos chemins se sont croisés... Je parle de Skioldviken... — Hem, — il y a longtemps de cela.

ELLIDA

Dix ans, ni plus ni moins.

ARNHOLM

A peu près. Ah! Quand j'y pense... Là-bas, dans le phare! Quand je pense à la *Petite païenne*, comme vous appelait le vieux pasteur, parce que votre père vous avait, disait-il, baptisée d'un nom de bateau et pas d'un nom chrétien.

ELLIDA

Eh bien ?

ARNHOLM

Eh bien! Il ne m'aurait jamais passé par la tête, à cette époque, que je vous retrouverais ici, mariée au docteur Wangel.

ELLIDA

Non, puisque Wangel n'était pas encore... Puisque la mère des fillettes, leur vraie mère, vivait encore, en ce temps-là.

ARNHOLM

Oui, oui. Mais même sans cela, Wangel eût-il été libre, je n'aurais jamais cru la chose possible.

ELLIDA

Ni moi non plus, en ce temps-là.

ARNHOLM

Wangel est la droiture, l'honneur même, — il est si foncièrement bon, si bienveillant envers tout le monde.

ELLIDA, avec feu.

Oui ! N'est-ce pas ?

ARNHOLM

Mais il y a un abîme entre vous et lui.

ELLIDA

Vous avez raison : un abîme.

ARNHOLM

Mais alors, comment cela s'est-il fait ? Comment ?

ELLIDA

Ne me questionnez pas là-dessus, mon cher Arnholm. Je ne saurais vous répondre. Même si je vous donnais des explications, vous ne seriez pas en état de les comprendre.

ARNHOLM

Hem... (Plus bas). N'avez-vous jamais rien confié

à votre mari au sujet de... cette démarche... que j'ai eu la folie de tenter un jour.

ELLIDA

Y pensez-vous ! Jamais il n'a rien su de ce à quoi vous faites allusion.

ARNHOLM

Tant mieux. Cela me gênait un peu de penser que......

ELLIDA

Vous pouvez être tranquille. Tout ce que je lui ai dit, c'est que je vous aimais beaucoup, ce qui est vrai..., que vous aviez été là-bas mon meilleur ami.

ARNHOLM

Merci. Mais dites-moi donc..., pourquoi ne m'avez-vous jamais écrit depuis mon départ ?

ELLIDA

Je craignais de vous faire souffrir. Une lettre de celle qui n'avait pas pu répondre à vos vœux n'eût-elle pas rouvert la blessure ?

ARNHOLM

Hem..... Mon Dieu, peut-être avez-vous eu raison.

3

ELLIDA

Mais vous-même, pourquoi ne m'avez-vous jamais écrit?

ARNHOLM, la regarde et sourit avec une sorte de reproche.

Moi? Faire le premier pas? Pour faire croire peut-être à quelque arrière-pensée? Nettement éconduit, comme je l'avais été?

ELLIDA

Oui, oui, je vous comprends, moi aussi... N'avez-vous jamais songé à personne d'autre, depuis lors!?

ARNHOLM

Jamais. Je suis resté fidèle à mes souvenirs.

ELLIDA, d'un ton demi-plaisant.

Allons donc! Laissez là les tristes souvenirs. Et songez plutôt à devenir un heureux époux. Croyez m'en.

ARNHOLM

Pour suivre votre conseil, je devrais me dépêcher un peu, madame Wangel. Pensez donc: j'ai bientôt trente-sept ans, ni plus, ni moins.

ELLIDA

En effet, il faudrait vous hâter. (Un court silence, puis elle ajoute d'une voix grave et contenue.) Et main-

tenant, mon cher Arnholm, écoutez-moi bien : je
vais vous confier une chose que je n'eusse jamais
avouée à cette époque, y fût-il allé de ma vie.

ARNHOLM

Que voulez-vous dire?

ELLIDA

Cette vaine démarche dont vous parliez tout à
l'heure, — je ne *pouvais* pas l'accueillir autrement
que je ne l'ai fait.

ARNHOLM

Je le sais. Vous n'aviez à m'offrir que votre amitié. Je le sais très bien.

ELLIDA

Mais ce que vous ignorez, c'est que mes pensées,
mon cœur ne m'appartenaient plus à cette époque.

ARNHOLM

A cette époque!

ELLIDA

Oui.

ARNHOLM

Mais c'est impossible. Vous confondez les dates.
Vous n'aviez pas encore fait la connaissance de
Wangel.

ELLIDA

Il ne s'agit pas de Wangel.

ARNHOLM

Il ne s'agit pas de Wangel? Voyons... Il n'y avait à ce moment-là à Skioldviken personne qui... Je ne me souviens pas d'un seul homme digne d'attirer votre attention.

ELLIDA

Non, non, je sais bien. C'était si fou, tout cela.

ARNHOLM

Expliquez-vous, je vous en prie!

ELLIDA

Non, il vous suffit de savoir que je n'étais pas libre à cette époque. Vous le savez maintenant.

ARNHOLM

Et si vous aviez été libre?

ELLIDA

Que voulez-vous dire?

ARNHOLM

Votre réponse eût-elle été différente?

ELLIDA

Est-ce que je sais? Vous voyez comment j'ai répondu à Wangel quand il s'est présenté.

ARNHOLM

Alors, à quoi bon cette confidence?

ELLIDA, se levant avec une sorte d'angoisse.

J'ai besoin de quelqu'un à qui me confier. Non, non, ne bougez pas.

ARNHOLM

Ainsi, votre mari ne sait rien?

ELLIDA

Dès le premier instant, je lui ai avoué que j'avais un jour disposé de mon cœur. Il n'a pas demandé à en savoir davantage. Et nous n'en avons plus jamais reparlé. Aussi bien, était-ce de la folie, vous dis-je. Une ombre qui a traversé ma vie et disparu... à peu près.

ARNHOLM, se levant.

A peu près? Pas entièrement!

ELLIDA

Si, si! Ah! mon cher Arnholm, n'essayez pas de comprendre. Cela échappe à la raison. Si je

vous disais tout, vous croiriez simplement que
j'étais malade, que j'étais folle à ce moment.

ARNHOLM

Chère madame Ellida, — il faut tout me dire.

ELLIDA

Eh bien, oui! J'essaierai. Jamais le simple bon
sens ne vous fera comprendre que... (Elle s'interrompt.)
Ah! Voici une visite. J'achèverai plus tard.

(Lyngstrand arrive par l'avenue, venant de gauche, et entre au jardin. Il porte une fleur à la boutonnière et tient à la main un beau bouquet enve-
loppé dans du papier et orné de rubans de soie. Il
s'arrête avec quelque hésitation, devant la vérandah.)

ELLIDA, s'avançant vers l'entrée du pavillon.

Vous cherchez les fillettes, monsieur Lyngstrand ?

LYNGSTRAND, se retournant.

Oh ! Vous êtes là, Madame. (Il salue et se rapproche.)
Non, ce ne sont pas ces demoiselles que je cher-
che, c'est vous-même, madame Wangel. Vous
avez bien voulu m'autoriser à me présenter chez
vous.

ELLIDA

Assurément. Vous y serez toujours le bienvenu.

ACTE I

LYNGSTRAND

Merci. Et comme c'est aujourd'hui jour de fête dans votre famille...

ELLIDA

Ah ! vous le saviez ?

LYNGSTRAND

Mais oui. Alors j'ai pris la liberté de vous apporter ceci...

(Il s'incline et lui présente le bouquet.)

ELLIDA, souriant.

Mais, cher monsieur Lyngstrand, c'est plutôt au professeur Arnholm que vous devriez offrir ces jolies fleurs, puisque la fête est en son honneur.

LYNGSTRAND, les regardant, étonné.

Pardon, — mais je n'ai pas l'honneur de connaître monsieur... Je voulais... Il s'agit du jour de naissance...

ELLIDA.

Du jour de naissance ? Vous vous trompez, monsieur Lyngstrand. Nous ne fêtons aujourd'hui aucun anniversaire.

LYNGSTRAND, souriant doucement.

Excusez-moi : j'ignorais que ce fût un secret...

ELLIDA

Vous dites?...

LYNGSTRAND

Oui, j'ai appris que c'est aujourd'hui votre... votre jour de naissance, Madame.

ELLIDA

Mon jour de naissance ?

ARNHOLM, la regardant.

Mais non, n'est-ce pas ?

ELLIDA, à Lyngstrand.

D'où vous vient cette idée ?

LYNGSTRAND

C'est mademoiselle Hilde qui vous a trahie. Je suis venu ici il y a un moment. En voyant ces fleurs et ce pavillon hissé, j'ai questionné ces demoiselles et...

ELLIDA

Oui. Eh bien ?

LYNGSTRAND

Et Mlle Hilde m'a répondu que c'était aujourd'hui le jour de naissance de sa mère.

ELLIDA

De sa mère... ! Ah ! très bien.

ARNHOLM

C'est donc cela !...
(Ellida et lui échangent un regard d'entente.)

ARNHOLM

Allons, madame Wangel, puisque ce jeune homme est dans le secret...

ELLIDA, à Lyngstrand.

Oui, puisque vous êtes dans le secret...

LYNGSTRAND, lui offrant de nouveau le bouquet.

Vous me permettez donc de vous souhaiter une bonne fête ?

ELLIDA, prenant les fleurs.

Je vous remercie, monsieur Lyngstrand.
(Tous trois s'assoient dans le pavillon.)

ELLIDA

Oui, monsieur le professeur, c'était un secret.

ARNHOLM

Un secret pour les profanes.

ELLIDA, déposant le bouquet.

Vous dites bien. Pour les profanes.

LYNGSTRAND

Vous pouvez être bien sûre que je n'en parlerai à personne.

ELLIDA

Oh ! ce n'est pas ce que je voulais dire. — Mais parlons de vous. Comment allez-vous ? Vous semblez avoir repris.

LYNGSTRAND

Il me semble que je vais bien. Et si je puis aller au Midi, l'année prochaine...

ELLIDA

Les fillettes m'ont dit que c'était décidé.

LYNGSTRAND

Oui, j'ai un protecteur à Bergen, qui m'en fournira les moyens. Il me l'a promis.

ELLIDA

Qu'est-ce qui vous a valu cette protection ?

LYNGSTRAND

Un heureux hasard. Celui qui me l'accorde est un armateur. J'ai servi à bord d'un de ses bateaux...

ELLIDA

Vous aviez donc du goût pour la vie de mer.

LYNGSTRAND

Nullement. Mais, après la mort de ma mère, mon père ne voulut plus me garder chez lui, à ne rien faire. Alors il m'embarqua comme matelot sur un navire. En rentrant, le navire fit naufrage dans le canal Britannique. Ce fut une vraie chance pour moi.

ARNHOLM

Comment cela ?

LYNGSTRAND

Mais oui, c'est de là que vient mon mal. Ce mal de poitrine dont je souffre. Je suis resté trop long-temps dans l'eau glacée avant d'être repêché. C'est ainsi que j'ai échappé au métier de marin. Ce fut un bonheur pour moi.

ARNHOLM

Vraiment ? Vous trouvez ?

LYNGSTRAND

Oui. Ce mal n'est pas bien dangereux. Et il me permet de me vouer à la sculpture, ce qui était mon plus ardent désir. Pensez donc : modeler l'argile délicate, la caresser, la rendre docile à ma volonté.

ELLIDA

Et que comptez-vous modeler ? Des tritons ? Des sirènes ? Ou les vikings des vieilles légendes ?

LYNGSTRAND

Non, rien de tout cela. Dès que je serai en état
de le faire, je m'en vais tenter une grande œuvre.
Je songe à un groupe.

ELLIDA

Fort bien. Et que représentera-t-il, ce groupe ?

LYNGSTRAND

Oh ! une chose vécue.

ARNHOLM

A la bonne heure. Tenez-vous-en là.

ELLIDA

Pourriez-vous nous le décrire ?

LYNGSTRAND

Voici : je vois devant moi une jeune femme, une
femme de marin. Elle dort d'un sommeil agité. Elle
a un rêve. Je réussirai, j'espère, à faire comprendre qu'elle rêve.

ARNHOLM

Je n'aperçois encore qu'une seule figure.

LYNGSTRAND

Attendez : il y en aura une autre. Une sorte

d'apparition. Son mari, qu'elle a trompé en son absence et qui a péri en mer.

ARNHOLM

Vous dites ?

ELLIDA

Il s'est noyé ?

LYNGSTRAND

Oui, dans un naufrage. Mais voici qu'il revient la nuit auprès d'elle. Le voici debout devant son lit. Il la regarde. Ses vêtements ruissellent comme ceux d'un homme qu'on a retiré de l'eau.

ELLIDA, se renversant dans son fauteuil.

C'est étrange. (Fermant les yeux.) Je vois si bien tout cela.

ARNHOLM

Mais dites donc, — mon cher Monsieur, — vous parliez d'une chose vécue.

LYNGSTRAND

Mais oui, — dans un certain sens elle l'a été.

ARNHOLM

Allons donc ! Un mort qui revient...

LYNGSTRAND

Mon Dieu, je ne veux pas dire, bien entendu, que j'aie vu tout cela en réalité. Et pourtant...

ELLIDA, vivement, l'oreille tendue.

Contez-moi tout ce que vous savez. Je vous écoute.

ARNHOLM, souriant.

C'est là, en effet, une histoire pour vous. Cela sent la mer !

ELLIDA

Continuez, monsieur Lyngstrand.

LYNGSTRAND.

Je continue. Notre brick allait quitter le port de Halifax, quand le maître d'équipage tomba malade. Nous dûmes l'abandonner à l'hôpital et engager un autre maître d'équipage à sa place. C'était un Américain. Cet homme...

ELLIDA

L'Américain ?

LYNGSTRAND

Oui. Cet homme emprunta un jour au capitaine un paquet de vieux journaux, qu'il se mit à lire

assidûment. Il voulait, disait-il, apprendre le norvégien.

ELLIDA

Eh bien ?

LYNGSTRAND

Un soir de gros temps, tout l'équipage était sur
le pont, excepté le maître d'équipage et moi. Il
s'était luxé une jambe et moi j'étais souffrant et
devais garder la couchette. Nous étions tous deux
dans le poste d'équipage, lui toujours plongé dans
sa lecture.

ELLIDA

Oui, oui.

LYNGSTRAND

Tout à coup, je l'entends pousser une espèce de
rugissement. Je le regarde : il était blanc comme
un linge. Puis il se mit à presser, à tasser le journal entre ses deux mains, après quoi il le déchira
en morceaux, il le réduisit en poussière, tout cela
doucement, doucement.

ELLIDA

En silence ? Sans dire un mot ?

LYNGSTRAND

Tout d'abord. Mais bientôt il murmura comme

s'il se fût parlé à lui-même : « Mariée, à un autre, en mon absence. »

ELLIDA, fermant les yeux, à demi voix.

Il a dit cela ?

LYNGSTRAND

Oui. Et pensez-donc : ce fut dit en bon norvégien. Il avait de la facilité pour les langues, cet homme-là.

ELLIDA

Et après ? Il n'a rien ajouté ?

LYNGSTRAND

Si. Des paroles singulières, que je n'oublierai de ma vie. Toujours du même ton contenu, étrange, il dit : « N'importe. Elle m'appartient, elle sera à moi. Elle me suivra, vivant ou mort, dussé-je, si je me noie, sortir de la mer pour aller la prendre et l'emmener. »

ELLIDA, se verse un verre d'eau, d'une main tremblante.

Ouf, — on étouffe ici aujourd'hui.

LYNGSTRAND

Et il y avait, dans sa façon de dire cela, une telle force de volonté que je ne doutai pas, à ce moment, qu'il fût homme à accomplir sa menace.

ELLIDA

Savez-vous ce qu'il est devenu ensuite ?

LYNGSTRAND

Oh ! Madame, je suis sûr qu'il n'est plus de ce monde.

ELLIDA, vivement.

Qu'est-ce qui vous le fait croire ?

LYNGSTRAND

Nous fîmes naufrage bientôt après. Je sautai dans la grande chaloupe avec le capitaine et cinq hommes de l'équipage. Le second descendit dans la yole avec l'Américain et un autre.

ELLIDA

Et on n'en a plus entendu parler.

LYNGSTRAND

Jamais. Mon protecteur me l'a encore écrit dernièrement. C'est justement ce qui me donne une telle envie de tirer de cet épisode une œuvre d'art. Je la vois si bien, la femme infidèle. Et le vengeur aussi, sorti de la mer pour la retrouver. Je les vois si bien l'un et l'autre.

ELLIDA

Moi aussi. (Elle se lève.) Venez, rentrons. Ou plutôt

allons trouver Wangel ! Il fait étouffant ici.

(Elle sort du pavillon.)

LYNGSTRAND, qui s'est également levé.

Moi, je vais prendre congé de vous. Je n'étais venu que pour un instant, vous souhaiter la bonne fête.

ELLIDA

Puisque vous voulez nous quitter... (Elle lui tend la main.) Au revoir et merci pour les fleurs.

LYNGSTRAND, salue, sort par la porte de la grille et disparaît à gauche.

ARNHOLM, se lève et s'approche d'Ellida.

Chère madame Wangel, je vous vois toute troublée.

ELLIDA

Je ne le nie pas. Quoique...

ARNHOLM

Après tout, vous pouviez vous y attendre.

ELLIDA, le regarde, étonnée.

M'y attendre !

ARNHOLM

Je crois bien.

ELLIDA

M'attendre à cette réapparition.

ARNHOLM

Quoi ! Vous songez encore au conte à dormir debout de cette espèce de toqué ?

ELLIDA

Mon cher Arnholm, il n'est peut-être pas si toqué que vous croyez.

ARNHOLM

Ainsi ce sont ces billevesées qui vous ont émue de la sorte ? Et moi qui croyais...

ELLIDA

Que croyiez-vous ?

ARNHOLM

Je croyais tout naturellement que vous vouliez me donner le change, que la vraie cause de votre émoi c'étaient ces fêtes de famille qu'on célèbre ici en secret... votre mari et ses enfants vivent une vie de souvenirs dont vous êtes exclue.

ELLIDA

Oh ! quant à cela, je laisse aller les choses. Je n'ai aucun droit à réclamer mon mari pour moi toute seule.

ARNHOLM

Il me semble, au contraire, que vous en avez d'excellents.

ELLIDA

Eh bien, non ! je n'en ai pas, moi qui vis, de mon côté, une vie dont les autres sont exclus.

ARNHOLM

Vous ! (Plus bas.) Est-ce à dire que...? Que vous n'aimez pas votre mari ?

ELLIDA

Si, si, j'ai fini par l'aimer de tout mon cœur ! Ah ! c'est là ce qu'il y a d'inimaginable, — d'incroyable, — de terrible !

ARNHOLM

Allons, madame Wangel, il faut me confier vos soucis ! Voulez-vous ?

ELLIDA

Cela m'est impossible, mon ami. Du moins en ce moment. Plus tard peut-être.

(Bolette paraît sur la vérandah et descend au jardin.)

BOLETTE

Voici père. Il a terminé son travail. Voulez-vous que nous allions nous asseoir tous ensemble dans le pavillon?

ELLIDA

Oui, allons-y.

(Wangel, qui a changé d'habits, sort de derrière la maison et s'approche, accompagné de Hilde.)

WANGEL

Me voici. J'ai fini, je suis libre! On va nous servir des rafraîchissements.

ELLIDA

Un instant.

(Elle entre dans le pavillon et va prendre le bouquet.)

HILDE

Oh! les belles fleurs! Qui te les a données?

ELLIDA

Je les tiens de M. Lyngstrand, ma chère Hilde.

HILDE, saisie.

De Lyngstrand?

BOLETTE, inquiète.

Lyngstrand est donc revenu?

ELLIDA, avec un demi-sourire.

Oui. Il a apporté ces fleurs. A cause du jour de naissance. Tu comprends?

BOLETTE, avec un coup d'œil à Hilde.

Oh!...

HILDE, à demi voix.

L'animal!

WANGEL, avec un pénible embarras, à Ellida.

Hem... Vois-tu... Je vais te dire, ma chère, ma bonne Ellida...

ELLIDA, l'interrompant.

Venez, fillettes! Nous allons mettre mes fleurs dans l'eau avec les autres.

(Elle monte sur la vérandah.)

BOLETTE, à Hilde.

Oh! elle est bien gentille, au fond.

HILDE, à voix à peine contenue, avec colère.

Des grimaces! Tout cela, c'est pour entortiller père.

WANGEL, sur la vérandah, serrant la main d'Ellida.

Merci, Ellida, merci!

ELLIDA, rangeant des fleurs.

Eh quoi? Ne puis-je pas, moi aussi, contribuer à cette fête, à la fête de mère?

ARNHOLM

Hem.

(Il rejoint Wangel et Ellida, Bolette et Hilde restent au jardin.)

DEUXIÈME ACTE

(Au *Belvédère*, derrière la ville. Colline couverte de gazon. Autour de la plate-forme et jusqu'au premier plan, de grandes pierres sont disposées pour servir de sièges. On domine de très haut le fiord, qui s'étend à l'arrière-plan, semé d'îlots et baignant un promontoire en pointe. On n'aperçoit pas la mer ouverte. Soir d'été à demi transparent. Lueur rouge et or répandue dans l'air et illuminant les sommets au loin. Des collines, à droite, arrive faiblement un chant à quatre voix.)

(*Jeunes gens* et *jeunes filles* de la ville, par couples, en causant, viennent de droite et disparaissent à gauche. Au bout d'un moment, *Ballested*, chargé de châles et de sacs de voyage, amène *une société de touristes étrangers, avec leurs dames.*)

Ballested (indiquant de sa canne) : *Sehen sie, meine herren —shaften,* — là-bas, *liegt eine andere* colline. *Dass wollen wir besteigen,* également, *und so herunter.*

(Il continue en anglais et conduit les touristes à gauche.)

(*Hilde* arrive vivement de derrière un détour du chemin, à droite. Elle s'arrête et tourne la tête. Un instant après, *Bolette* apparaît, venant du même côté.)

BOLETTE

Voyons, Hilde, pourquoi fuyons-nous ainsi Lyngs-trand ?

56 LA DAME DE LA MER

HILDE

Je déteste à grimper si doucement. Regarde-le donc. On dirait qu'il rampe.

BOLETTE

Tu sais bien qu'il est malade.

HILDE

Tu crois que c'est dangereux?

BOLETTE

Oh oui !

HILDE

Il a consulté père cette après-midi. Je voudrais savoir ce que père en pense.

BOLETTE

Père m'a dit qu'il avait des endurcissements aux poumons. Il n'en a pas pour longtemps à vivre, paraît-il.

HILDE

Père a dit cela? Tu sais, — je l'ai toujours pensé.

BOLETTE

Au nom de Dieu! tâche au moins qu'il ne s'aperçoive de rien.

HILDE

Si tu crois...! (A demi voix.) Regarde donc : voici tout de même Hans au haut de la pente... Hans... Ça se voit, dis, qu'il s'appelle Hans?

BOLETTE, bas.

Fais donc attention. Je te le conseille.

> (Lyngstrand arrive de droite, un parasol à la main.)

LYNGSTRAND

Excusez-moi, Mesdemoiselles, de ne pouvoir marcher aussi vite que vous.

HILDE

Tiens, vous vous êtes fendu d'un parasol?

LYNGSTRAND

Non, c'est le parasol de votre mère. Elle me l'a donné pour me servir de canne.

BOLETTE

Ils sont encore en bas? Père et les autres?

LYNGSTRAND

Oui. Votre père est entré un instant au café. Les autres se sont assis pour écouter la musique. Ils vous rejoindront quand ce sera fini, m'a dit votre mère.

HILDE, qui l'a regardé tout le temps.

Vous êtes bien fatigué?

LYNGSTRAND

Oui, je crois sentir un peu de fatigue. J'ai presque envie de m'asseoir un moment.

(Il s'assied sur une pierre, au premier plan à droite.)

HILDE, se tenant devant lui.

Vous savez qu'on va danser, tantôt, devant le pavillon de musique?

LYNGSTRAND

Oui, il en était question.

HILDE

Vous trouvez cela amusant, la danse?

BOLETTE, tout en cueillant de petites fleurs dans le gazon.

Voyons, Hilde : laisse donc monsieur Lyngstrand respirer un peu.

LYNGSTRAND, à Hilde.

Oui, Mademoiselle : j'aimerais bien danser... si je pouvais.

HILDE

Vous n'avez pas pris de leçons?

LYNGSTRAND

Il y a cela et autre chose... ma poitrine.

HILDE

Ce mal, dont vous parlez.

LYNGSTRAND

Oui, mon mal.

HILDE

Il vous ennuie beaucoup, votre mal !

LYNGSTRAND

Je ne dis pas cela. (Souriant.) C'est grâce à lui, je crois, qu'on est si gentil envers moi.

HILDE

Et puis, ce n'est pas dangereux.

LYNGSTRAND

Non, ce n'est pas dangereux du tout. Votre père me l'a encore déclaré tout à l'heure.

HILDE

Et cela passera dès que vous serez dans le Midi.

LYNGSTRAND

Sans aucun doute, cela passera.

BOLETTE, lui tendant des fleurs.

Tenez, monsieur Lyngstrand, c'est pour orner votre boutonnière.

LYNGSTRAND

Oh, merci, Mademoiselle! Vous êtes vraiment trop bonne.

HILDE, regardant en bas.

Les voici qui montent.

BOLETTE

Pourvu qu'ils ne se trompent pas de sentier. Bon, les voici qui vont de travers.

LYNGSTRAND, se levant.

Je cours jusqu'au tournant et je leur indique leur chemin.

HILDE

Il vous faudra crier bien fort.

BOLETTE

Vous allez encore vous fatiguer.

LYNGSTRAND

Oh! la descente n'est rien.

(Il disparaît à droite.)

HILDE

La descente, oui..... (Le suivant des yeux.) Bon, le voici qui bondit ! Il ne pense pas qu'il va falloir remonter.

BOLETTE

Pauvre homme...

HILDE

Si Lyngstrand te demandait ta main, la lui accorderais-tu ?

BOLETTE

Es-tu folle ?

HILDE

S'il n'était pas malade, veux-je dire, s'il n'était pas condamné ? Voudrais-tu de lui pour mari, dis ?

BOLETTE

Non, je te le cède.

HILDE

Ah bien, merci ! Il n'a pas le sou. Il n'a même pas de quoi se nourrir lui-même.

BOLETTE

Eh bien ! alors, pourquoi êtes-vous toujours ensemble ?

HILDE

Oh ! c'est à cause de son mal.

BOLETTE

Tu n'as vraiment pas l'air de le prendre tellement en pitié.

HILDE

Ce n'est pas de la pitié. Mais cela me tente.

BOLETTE

Qu'est-ce qui te tente ?

HILDE

De le regarder, en lui faisant dire que ce n'est
pas dangereux, qu'il va partir pour l'étranger, qu'il
va se faire artiste. Tout cela, il y croit fermement,
il s'en fait une fête. Et il n'en sera rien. Jamais. Il
ne vivra pas jusque-là. C'est si émotionnant, quand
on y pense !

BOLETTE

Emotionnant ?

HILDE

Oui, je trouve cela émotionnant. Je me permets
de trouver cela émotionnant.

BOLETTE

Fi, Hilde, tu es vraiment une méchante gamine !

HILDE

Et je tiens à l'être. Pour te narguer ! (Regardant en bas.) Enfin ! Arnholm ne doit pas aimer ça, les ascensions. (Se retournant.) C'est juste : sais-tu ce que j'ai remarqué pendant qu'il était à table ?

BOLETTE

Quoi ?

HILDE

Pense donc : il commence à se faire chauve — là — au sommet du crâne.

BOLETTE

Ah ! tu es bête. Ce n'est pas vrai.

HILDE

Je te dis que si. Et puis il a la patte d'oie aux deux yeux. Quand on pense, Bolette, que tu étais si amoureuse de lui quand il te donnait des leçons!

BOLETTE, souriant.

Oui, comprends-tu cela ? Je me souviens d'avoir pleuré à chaudes larmes un jour, parce qu'il trouvait mon nom de « Bolette » vilain.

HILDE

Oui, pense donc ! (Regardant de nouveau en bas.) Regarde donc : la Dame de la Mer. Elle vient avec lui. Et pas avec père. Cela ne m'étonnerait pas si ces deux-là en tenaient l'un pour l'autre.

BOLETTE

Tu devrais avoir honte. Comment oses-tu parler ainsi d'elle ? Cela commençait à marcher si bien entre nous...

HILDE

Ah, ouiche ! Compte là dessus, ma fille ! Non, bien sûr, cela ne marchera jamais entre elle et nous. Sa place n'est pas du tout sous notre toit. Qu'est-ce qui a pris à père de l'y introduire ? Cela ne m'étonnerait pas si, un beau jour, elle devenait folle.

BOLETTE

Folle ! D'où te vient cette idée ?

HILDE

Oh ! il n'y aurait là rien de surprenant. Sa mère est bien devenue folle. Elle est morte folle. Je le sais.

BOLETTE

Dieu sait où tu vas fourrer le nez, toi. Mais ne t'avise pas de parler de cela. N'est-ce pas, dis ? Pour l'amour de père. Tu entends, Hilde ?

(Wangel, Ellida, Arnholm et Lyngstrand arrivent de droite.)

ELLIDA, avec un geste vers le fond.

Elle s'étend là !

ARNHOLM

Oui, c'est de ce côté.

ELLIDA

La mer est là.

BOLETTE, à Arnholm.

C'est un bel endroit, n'est-ce pas ?

ARNHOLM

Superbe. Une vue admirable.

WANGEL

C'est vrai. Vous n'êtes jamais venu ici.

ARNHOLM

Jamais. De mon temps, cette butte était, je crois, inaccessible. Aucun sentier n'y conduisait.

WANGEL

Non. Tout cela a été arrangé ces dernières années.

BOLETTE

De la *Butte du Pilote*, — tenez, — là-bas, — la vue est encore plus belle.

WANGEL

Veux-tu que nous y allions. Ellida ?

ELLIDA, s'asseyant sur une pierre, à droite.

Pas moi, merci. Mais, allez-y vous autres. Je vous attendrai ici.

WANGEL

Je reste avec toi. Les fillettes accompagneront Arnholm.

BOLETTE

Voulez-vous venir avec nous, monsieur Arnholm ?

ARNHOLM

Très volontiers. Y a-t-il un chemin qui conduise à cette butte ?

BOLETTE

Oui. Un beau chemin, bien large.

HILDE

Assez large pour que deux personnes puissent y marcher bras-dessus bras-dessous.

ARNHOLM, plaisantant.

Vraiment, ma petite demoiselle Hilde ? Est-ce possible ? (A Bolette.) Voulez-vous voir si elle dit vrai ?

BOLETTE, réprimant un sourire.

Mais oui. Nous verrons.

(Ils s'en vont bras-dessus, bras-dessous.)

HILDE, à Lyngstrand.

Nous aussi?

LYNGSTRAND

Bras-dessus, bras-dessous?

HILDE

Pourquoi pas ? Je ne demande pas mieux, moi.

LYNGSTRAND, lui offrant le bras, avec un sourire de contentement.

Que c'est drôle, cela.

HILDE

Quoi ?

LYNGSTRAND

Nous avons l'air de deux couples de fiancés.

HILDE

Vous n'avez, pour sûr, jamais offert le bras à une dame, monsieur Lyngstrand.

(Ils disparaissent à gauche tous les quatre.)

WANGEL, sur la plate-forme.

Ma chère Ellida, puisque nous avons un instant à nous....

ELLIDA

Oui, viens t'asseoir près de moi.

WANGEL, s'asseyant.

On est libre et tranquille ici. Nous pourrons causer.

ELLIDA

De quoi?

WANGEL

De toi. Et de nos relations. Je vois bien que cela ne peut continuer ainsi.

ELLIDA

Et par quoi les remplacerons-nous, ces relations?

WANGEL

Par une pleine confiance l'un dans l'autre, ma chérie. La vie en commun, — comme dans le temps.

ELLIDA

Oh! si c'était possible! Mais cela ne se peut pas, hélas!

WANGEL

Je crois te comprendre. J'en juge par quelques paroles qui t'échappent de temps en temps.

ELLIDA, avec violence.

Non, tu ne me comprends pas! Ne dis pas cela!

WANGEL

Si. Tu as une âme droite, Ellida, tu as le cœur fidèle.

ELLIDA

C'est vrai.

WANGEL

Il ne peut y avoir pour toi de sécurité et de bonheur sans des relations bien franches, libres de toute réticence.

ELLIDA, le regardant, attentive.

Eh bien?

WANGEL

Tu n'es pas faite pour succéder à une autre femme.

ELLIDA

A propos de quoi me dis-tu cela?

WANGEL

J'en ai souvent eu l'intuition. Aujourd'hui, j'en ai la certitude. Cette fête commémorative imaginée par les enfants... Tu as cru que j'étais leur complice. Eh bien! oui —, un homme n'est pas maître de ses souvenirs. Je ne suis pas maître des miens, en tout cas.

ELLIDA

Je le sais. Oh oui ! je le sais.

WANGEL

Et pourtant tu fais erreur. Pour toi, la mère des enfants vit encore. Elle est parmi nous, invisible et toujours présente. Tu crois que mon cœur se partage entre elle et toi. C'est cette pensée qui te révolte. Tu vois dans nos relations quelque chose d'immoral. Et voilà pourquoi tu ne peux plus être à moi, tu ne veux plus que nous soyons mari et femme.

ELLIDA, se levant.

Tu as vu cela, Wangel ? Tu l'as bien vu ?

WANGEL

Oui, aujourd'hui j'ai vu les choses à fond.

ELLIDA

A fond ? Vraiment? Eh bien ! tu te trompes.

WANGEL, se levant.

Je sais fort bien que ce n'est pas tout, chère Ellida.

ELLIDA, anxieuse.

Tu sais que ce n'est pas tout ?

WANGEL

Oui. Ce qu'il y a encore c'est que tu ne peux sup-

porter ce milieu. Ces montagnes t'étouffent, t'écra-
sent. Tu manques de lumière ici. L'horizon est
trop étroit, l'atmosphère pas assez libre, pas assez
vivifiante.

ELLIDA

Tu ne te trompes pas. Nuit et jour, été, hiver, je
la subis, cette vertigineuse nostalgie de la mer.

WANGEL

Je ne le sais que trop, chère Ellida. (Posant la main
sur la tête d'Ellida.) Aussi faut-il que la pauvre enfant
malade retourne à son élément.

ELLIDA

Comment l'entends-tu ?

WANGEL

A la lettre. Nous partons.

ELLIDA

Nous partons !

WANGEL

Oui. Nous irons nous établir quelque part aux
bords de la mer, de la vraie mer, pour que tu te
retrouves chez toi.

ELLIDA

Oh, je t'en prie ! chasse cette idée. Cela ne se

peut pas, cela ne se fera pas. Tu ne peux vivre heureux hors d'ici.

WANGEL

Advienne que pourra. Crois-tu donc que je puisse vivre heureux ici sans toi ?

ELLIDA

Mais je suis ici. Et j'y reste. Je suis avec toi.

WANGEL

Est-ce bien vrai, Ellida ?

ELLIDA

Ah ! ne parle plus de cela. Tu tiens à cet endroit par toutes les fibres de ton être, par toutes les attaches de l'existence.

WANGEL

Encore une fois, advienne que pourra. Nous partons. Nous nous transportons là-bas. C'est décidé, chère Ellida. Rien ne changera ma résolution.

ELLIDA

Et que crois-tu, mon Dieu, que nous y aurons gagné ?

WANGEL

Tu y auras regagné la santé et la paix de ton âme.

ELLIDA

C'est encore une question. Mais toi? Pense un peu à toi. Qu'y auras-tu gagné ?

WANGEL

Toi ! C'est toi, ma chérie, toi que j'aurai regagnée.

ELLIDA

Non, Wangel, c'est impossible ! Impossible, comprends-tu ! C'est là ce qu'il y a de plus affreux, de plus désespérant.

WANGEL

Nous verrons bien. Avec de telles idées, tu ne peux rester ici. Il n'y a de salut que dans la fuite. Il faut partir le plus tôt possible. C'est décidé, entends-tu !

ELLIDA

Non ! Tiens, je préfère te dire les choses telles qu'elles sont. Tu sauras tout.

WANGEL

C'est cela ! Parle !

ELLIDA

Il ne faut pas que tu sois malheureux à cause de moi. D'autant plus que cela n'aiderait à rien.

WANGEL

Tu m'as promis de tout me dire.

ELLIDA

Je ferai de mon mieux. Je te dirai tout ce que je sais moi-même. Viens, assieds-toi plus près de moi.

(Ils se rapprochent.)

WANGEL

Eh bien, Ellida?

ELLIDA

Le jour où tu m'as demandé si je voulais être à toi, tu m'as parlé franchement et loyalement de ton premier mariage. Cela avait été une union heureuse.

WANGEL

C'est vrai.

ELLIDA

Je n'en doute pas, mon ami. Et si je t'en parle, c'est seulement pour te rappeler que, moi aussi, j'ai été franche. Je t'ai dit que j'avais aimé une fois dans ma vie et que j'avais été, en quelque sorte, — fiancée.

WANGEL

En quelque sorte?

ELLIDA

Oui. On peut appeler cela des fiançailles. Oh! ce fut court. Il partit. Ensuite, j'ai rompu. Je t'ai dit tout cela.

WANGEL

Mais, chère Ellida, que vient faire ici cet épisode qui, au fond, ne me regardait pas et dont je ne t'ai jamais touché un mot depuis lors? J'ignore même de qui il s'agissait.

ELLIDA

Non tu ne me l'as pas demandé. Tu as toujours été si délicat envers moi.

WANGEL, souriant.

Oh! dans le cas dont il s'agit, je n'avais pas grand mérite à cela, le nom n'était pas bien difficile à deviner.

ELLIDA

Le nom!

WANGEL

Il n'y avait pas grand choix, à Skioldviken. Ou, pour mieux dire, le choix se bornait à un homme.

ELLIDA

Tu penses à Arnholm.

WANGEL

Quoi? Ce n'était pas de lui?

ELLIDA

Non.

WANGEL

Alors je m'y perds!

ELLIDA

Te souviens-tu d'une fin d'automne, où un grand voilier américain vint réparer une avarie à Skiold-dviken?

WANGEL

Je m'en souviens très bien. C'est le voilier dont on a trouvé un matin le capitaine assassiné dans sa cabine. J'ai moi-même été appelé pour l'autopsie.

ELLIDA

Oui, je m'en souviens.

WANGEL

Le meurtre a été commis par le second du navire.

ELLIDA, vivement.

Cela n'a pas été établi! Il n'y a pas eu de preuves!

WANGEL

N'importe! Le doute n'est pas permis. Pourquoi se serait-il noyé à la suite du crime?

ELLIDA

Il ne s'est pas noyé. Il a pris un bateau faisant voile vers le Nord.

WANGEL, surpris.

Comment sais-tu cela?

ELLIDA, avec un effort.

C'est que,—vois-tu, Wangel— ce second,— est l'homme à qui j'ai été fiancée.

WANGEL, se levant d'un bond.

Que dis-tu? Serait-ce possible?

ELLIDA

C'est vrai. J'ai été fiancée à cet homme.

WANGEL

Mais, au nom de Dieu, Ellida! Qu'est-ce qui a pu te pousser à ce coup de tête? Un homme de cette espèce!... Un inconnu! Comment s'appelait-il donc?

ELLIDA

Il portait à cette époque le nom de Friman. Plus

tard, ses lettres étaient signées : « Alfred John-
son. »

WANGEL

D'où venait-il ?

ELLIDA

Du Finmarck, m'a-t-il dit. Mais il était originaire
de Finlande. Tout enfant, il était venu de là avec
son père.

WANGEL

Ah, c'était un Finnois, un kvenn ?

ELLIDA

Oui, c'est ainsi qu'on les appelle.

WANGEL

Que sais-tu encore sur son compte ?

ELLIDA

Rien, si ce n'est qu'il s'était engagé de bonne
heure et qu'il avait navigué au loin.

WANGEL

C'est tout ?

ELLIDA

Oui. Nous ne parlions jamais de cela.

WANGEL

De quoi parliez-vous donc ?

ELLIDA

Le plus souvent nous parlions de la mer.

WANGEL

Ah !... De la mer ?

ELLIDA

Du calme et de la tempête. Des nuits sombres sur la mer. Et puis aussi des flots qui miroitent au soleil. Mais surtout nous parlions des baleines et des phoques, et des morses qui se chauffent aux rayons de midi sur les côtes du Nord. Nous parlions encore des aigles et des mouettes et de ces autres oiseaux que tu connais. Et pendant qu'il parlait, — c'est étrange, dis ? — je croyais découvrir entre cet homme et ces êtres, bêtes, oiseaux de mer, une bizarre parenté.

WANGEL

Et toi-même ?

ELLIDA

Moi aussi je me sentais en parenté avec eux tous.

WANGEL

Oui, oui... Et c'est ainsi que tu t'es fiancée à lui?

ELLIDA

Oui. Je lui ai obéi.

WANGEL

Obéi? Tu n'avais donc pas de volonté?

ELLIDA

Non, pas tant qu'il était là. Oh! ensuite, je ne comprenais plus rien à ce qui s'était passé en moi.

WANGEL

Vous êtes-vous souvent rencontrés?

ELLIDA

Pas très souvent. Il est venu un jour au phare. C'est alors que j'ai fait sa connaissance. Ensuite nous nous sommes rencontrés de rare en rare. Jusqu'au meurtre du capitaine... Jusqu'au jour de son départ...

WANGEL

Continue, je t'en prie. Je t'écoute!

ELLIDA

C'était au point du jour. Je reçus un billet de

lui. Il me demandait de venir à la pointe de Bratt-
thammer, — tu sais, — entre Skioldviken et le
phare.

WANGEL

Oui, oui, — je sais.

ELLIDA

Je devais y aller en toute hâte. Il avait à me
parler.

WANGEL

Et tu y es allée.

ELLIDA

Oui. Je ne pouvais faire autrement. Alors il me
raconta qu'il avait poignardé le capitaine, la nuit
même !

WANGEL

Il te l'a avoué !

ELLIDA

Oui, mais il n'avait fait que justice, me dit-il.

WANGEL

Justice? Et pourquoi ce meurtre?

ELLIDA

Il ne voulut pas me le dire. Par égard pour
moi, à ce qu'il m'a assuré.

6

WANGEL

Et tu le crus sur parole?

ELLIDA

Oui, je n'ai pas eu l'ombre d'un doute. Quoi
qu'il en fût, il n'avait plus qu'à partir. Alors, au
moment des adieux..... Non tu ne devineras jamais
ce qu'il imagina.

WANGEL

Voyons! Dis-le.

ELLIDA

Il tira de sa poche un anneau à clefs, puis il ôta
une bague de son doigt. Il me demanda également
une petite bague que je portais au mien. Il passa
l'anneau au travers des deux bagues et me déclara
que nous allions ensemble nous unir à la mer.

WANGEL

Vous unir?

ELLIDA

Oui. En disant cela, il lança dans la mer, aussi
loin qu'il put, l'anneau avec les bagues.

WANGEL

Et toi, Ellida? Tu te prêtas à cela?

ELLIDA

Y penses-tu? Je n'eus pas un instant l'idée de
m'y opposer! Il partit enfin, Dieu merci.

WANGEL

Et ensuite?

ELLIDA

Ensuite, tu penses bien que je ne tardai pas à me ressaisir. Tout ce qu'il y avait là d'absurde et de fou m'apparut bien clairement.

WANGEL

Mais tu parlais tout à l'heure de lettres. Tu as donc eu de ses nouvelles depuis lors?

ELLIDA

Oui, j'ai eu de ses nouvelles. D'abord, j'ai reçu quelques lignes d'Arkhangel. Il me disait seulement qu'il allait partir pour l'Amérique. Et il me donnait son adresse.

WANGEL

Tu lui as répondu?

ELLIDA

Immédiatement. Je lui écrivis, bien entendu, que tout était fini entre nous. Et qu'il ne devait plus penser à moi, pas plus que je ne penserais à lui.

WANGEL

Il t'a encore écrit après cela?

ELLIDA

Il m'a encore écrit.

WANGEL

Et qu'a-t-il dit de ta réponse?

ELLIDA

Pas un mot. Ce fut comme si je ne lui avais jamais signifié de rupture. Il me disait tranquillement et posément d'attendre un message m'informant de l'époque où il pourrait me recevoir. Dès que j'aurais reçu ce message, je devais le rejoindre.

WANGEL

Enfin, il ne voulait pas lâcher sa proie?

ELLIDA

Je lui écrivis de nouveau, en répétant presque mot pour mot ce que je lui avais déjà dit. Peut-être y mis-je encore plus de fermeté.

WANGEL

Il finit par y renoncer?

ELLIDA

Nullement. Je reçus une nouvelle lettre, tout aussi calme que la dernière. Toujours pas un mot de la rupture. Je vis alors qu'il était inutile de continuer et je cessai de lui écrire.

WANGEL

Il en fit autant?

ELLIDA

Non. Je reçus encore trois lettres depuis lors,
l'une de Californie, une autre de Chine, la troisième
d'Australie. Dans cette dernière, il me disait qu'il
allait travailler dans des mines d'or. Puis rien : je
n'ai plus eu de ses nouvelles.

WANGEL

Cet homme a exercé un grand empire sur toi,
Ellida.

ELLIDA

Oh! oui. Il me fait encore peur!

WANGEL

Il ne faut plus y penser jamais! Promets-le-moi,
ma chère, ma bien-aimée Ellida! Nous allons
désormais changer de régime. Il te faut un air plus
vif que celui des fiords, il te faut l'air salin, l'air
régénérateur de la mer. Qu'en dis-tu?

ELLIDA

Oh! ne me parle pas de cela! Je t'en prie! A
quoi bon? Cela n'aiderait à rien. Je le sens : jamais
je ne serai débarrassée de cette obsession. Elle me
poursuivra partout où j'irai.

WANGEL

Débarrassée de quoi ? Que veux-tu dire, ma chérie ?

ELLIDA

De cette épouvante, — de cet inexplicable pouvoir auquel mon âme reste encore soumise.

WANGEL

Mais tu en es débarrassée depuis longtemps. Du jour où tu as rompu avec lui, ce fut fini, bien fini.

ELLIDA, se levant d'un bond.

Non, ce n'est pas fini !

WANGEL

Pas fini ?

ELLIDA

Non, Wangel, ce n'est pas fini ! Et je crains que ce ne soit jamais fini. Jamais, aussi longtemps que je vivrai.

WANGEL, d'une voix étouffée.

Est-ce à dire que rien n'a pu déraciner de ton cœur le souvenir de cet étranger ?

ELLIDA

Il s'était évanoui.Mais tout à coup ce fut comme s'il était revenu.

WANGEL

Quand cela s'est-il passé ?

ELLIDA

Il y a trois ans environ. Peut-être un peu plus. — A l'époque où j'allais devenir mère.

WANGEL

C'était donc cela. Je commence à comprendre bien des choses.

ELLIDA

Tu te trompes, cher ! — Ce qui s'est passé en moi à ce moment, — ah ! je crois que personne ne le comprendra jamais.

WANGEL, la regardant douloureusement.

Quand je pense que depuis trois ans que nous sommes ici tu nourris en secret de l'amour pour un autre — un autre a été tout ce temps l'objet de ton amour, pas moi !

ELLIDA

Oh ! tu te trompes, tu te trompes. Je n'aime que toi, toi et personne d'autre.

WANGEL, baissant la voix.

Comment se fait-il alors que, depuis ce temps, tu n'aies plus voulu.... reprendre notre vie conjugale ?

ELLIDA

C'est par peur, oui, par peur de cet étranger.

WANGEL

Par peur ?

ELLIDA

Par peur, oui. Ah ! comment t'expliquer cette affreuse terreur ? La mer seule a de telles épouvantes. Ecoute, Wangel, il faut que je te dise...

(Les jeunes gens et les jeunes filles de la ville reviennent de gauche, se dirigeant vers la droite. Ils saluent en passant. Avec eux arrivent Arnholm, Bolette, Hilde et Lyngstrand.)

BOLETTE, en traversant la scène.

Comment ! vous êtes encore ici ?

ELLIDA

Oui, il fait si frais sur cette hauteur.

ARNHOLM

Quant à nous, nous allons danser.

WANGEL

Bien, bien, très bien, très bien. Nous vous rejoindrons bientôt.

HILDA

Au revoir.

ELLIDA

Monsieur Lyngstrand, — voulez-vous rester un
instant avec nous ?

(Lyngstrand s'arrête. Arnholm, Bolette et Hilde
disparaissent à droite.)

ELLIDA, à Lyngstrand.

Vous aller danser, vous aussi ?

LYNGSTRAND

Non, Madame, je n'ose pas.

ELLIDA

Vous avez raison. C'est plus prudent. Avec ce
mal de poitrine..... Vous n'en êtes pas encore
quitte ?

LYNGSTRAND

Non, pas tout à fait.

ELLIDA, avec un peu d'hésitation.

Combien y a-t-il de temps que vous avez fait ce
voyage ?

LYNGSTRAND

Celui où j'ai gagné mon mal ?

ELLIDA

Oui, le voyage dont vous me parliez ce matin.

LYNGSTRAND

Il y a quelque chose comme..... Attendez un peu. Oui, il y a bien trois ans.

ELLIDA

Trois ans, dites-vous ?

LYNGSTRAND

Un peu plus, peut-être. Nous quittâmes l'Amérique en février. Nous fîmes naufrage en mars, à l'équinoxe.

ELLIDA, regardant Wangel.

Ainsi, c'était bien à la même époque.

WANGEL

Mais, ma chère Ellida....

ELLIDA

Il ne faut pas que je vous retienne, monsieur Lyngstrand. Allez, mais ne dansez pas.

LYNGSTRAND

Non, je me contenterai de regarder danser les autres.

(Il disparaît à droite.)

WANGEL

Pourquoi donc, ma chère Ellida, lui as-tu parlé de ce voyage ?

ELLIDA

Johnston était à bord. J'en suis sûre.

WANGEL

Qu'est-ce qui te le fait croire ?

ELLIDA, sans répondre.

C'est à bord de ce bateau qu'il a appris mon mariage avec un autre. Et c'est à ce moment que j'ai éprouvé pour la première fois...

WANGEL

Cette terreur mystérieuse ?

ELLIDA

Oui. Quand elle me saisit — ou plutôt un instant après, — je le vois vivant devant moi. Il ne me regarde jamais. Il est là. C'est tout.

WANGEL

Comment le vois-tu ?

ELLIDA

Tel qu'il était la dernière fois que je l'ai vu.

WANGEL

Il y a dix ans.

ELLIDA

Oui. A la pointe de Bratthammer. Ce que je vois le plus distinctement, c'est son épingle de cravate, ornée d'une grosse perle à reflet bleuâtre. On dirait un œil de poisson. Et cet œil a l'air de me regarder.

WANGEL

Dieu du Ciel, Ellida!... Tu es plus malade que je ne le pensais. Plus malade que tu ne le crois toi-même.

ELLIDA

Oui, oui, sauve-moi, si tu peux! Car je sens l'étreinte se serrer chaque jour davantage.

WANGEL

Et tu es demeurée trois ans dans cet état. Tu as souffert ce tourment secret, sans te confier à moi.

ELLIDA

Mais je ne le pouvais pas! Je ne l'ai pu que tout à l'heure, — quand il l'a fallu à tout prix....: il s'agissait de toi. Si je t'avais confié cela, — j'aurais dû te confier également — ce qui ne peut se dire.

WANGEL

Ce qui ne peut se dire ?

ELLIDA

Non, non, non ! ne m'interroge pas ! Je n'ajouterai plus qu'un mot. Dis, Wangel, comment expliques-tu ce mystère, le mystère des yeux de l'enfant ?

WANGEL

Ma chère, ma bien-aimée Ellida, je t'assure que c'est pure imagination de ta part. Les yeux de l'enfant n'avaient rien de particulier. Il avait les yeux comme tous les autres enfants.

ELLIDA

Non, ce n'est pas vrai ! Dire que tu n'as jamais vu les yeux de l'enfant changer d'après la couleur du fiord ! Limpides et lumineux quand le fiord reluisait au soleil. Sombres et troubles pendant l'orage... Oh ! Je l'ai bien vu, moi, ce que tu ne pouvais voir.

WANGEL, cédant.

Hem, admettons. En eût-il été ainsi, qu'est-ce que cela signifierait ?

ELLIDA, plus bas, se rapprochant de lui.

J'ai vu d'autres yeux semblables à ceux-là.

WANGEL

Où? Quand?

ELLIDA

A la pointe de Bratthammer. Il y a dix ans.

WANGEL, reculant d'un pas.

Qu'est-ce à dire?

ELLIDA, bas, d'une voix tremblante.

L'enfant avait les yeux de cet homme.

WANGEL, laissant échapper un cri.

Ellida!

ELLIDA, levant les mains au-dessus de sa tête et les tordant avec désespoir.

Maintenant tu comprends pourquoi je ne veux plus, je n'ose plus être ta femme! Jamais!

(Elle se détourne brusquement et descend rapidement la côte, à droite.)

WANGEL, se précipite derrière elle en criant.

Ellida, Ellida! Ma pauvre, malheureuse Ellida!

TROISIÈME ACTE

(Un coin écarté du jardin des Wangel. L'endroit est humide, marécageux et ombragé de grands vieux arbres. A droite, un petit étang vaseux. Une barrière basse, sans grillage, sépare le jardin du sentier et du fiord, qu'on aperçoit à l'arrière-plan. Au fond, derrière le fiord, une chaîne de montagnes, crénelées de quelques pics. Heure tardive de l'après-midi. Le soir commence à tomber.)

(Bolette coud, assise sur un banc de pierre, à droite. A côté d'elle, un livre et un panier à ouvrage. *Hilde et Lyngstrand*, des filets à la main, se tiennent au bord de l'étang.)

HILDE, faisant signe à Lyngstrand.

Chut ! J'en vois une grosse.

LYNGSTRAND, regardant.

Où cela ?

HILDE, indiquant.

Vous ne voyez donc rien — là ! Bon ! en voici encore une. (Regardant entre les arbres.) ! Malheur il va l'effrayer.

BOLETTE, levant les yeux.

Qui cela, *il ?*

HILDE

Ton professeur, ma petite mère !

BOLETTE

Mon professeur ?

HILDE

Pour sûr qu'il n'a jamais été le mien.

(Arnholm, venant de droite, apparaît entre les arbres.)

ARNHOLM

Il y a donc maintenant des poissons dans l'étang ?

HILDE

Oui. Je vois de très vieilles perches.

ARNHOLM

Vraiment ? Elles vivent encore, les vieilles perches ?

HILDE

Oui, elles ont la vie dure. Mais nous allons en attraper quelques-unes, à cette heure.

ARNHOLM

Vous devriez plutôt vous aventurer sur le fiord.

LYNGSTRAND

Non, l'étang, c'est plus mystérieux.

HILDE

Plus émotionnant. — Vous en venez, du fiord ?

ARNHOLM

J'arrive justement de la maison de bains.

HILDE

Vous n'avez donc pas nagé dehors?

ARNHOLM

Oh ! je ne suis pas grand nageur.

HILDE

Pouvez-vous nager sur le dos ?

ARNHOLM

Non.

HILDE

Je fais la planche, moi. (A Lyngstrand.) Passons de l'autre côté.

(Ils s'en vont à droite, longeant l'étang.)

ARNHOLM, s'approchant de Bolette.

Vous êtes seule, Bolette ?

BOLETTE

Oui, comme d'habitude.

ARNHOLM

Votre mère n'est pas au jardin ?

BOLETTE

Non, elle doit se promener dehors avec père.

ARNHOLM

Comment va-t-elle cette après-midi ?

BOLETTE

Je ne sais pas. J'ai oublié de le lui demander.

ARNHOLM

Quels livres lisez-vous là ?

BOLETTE

Oh! vous voyez : de la botanique, de la géographie.

ARNHOLM

Vous aimez cette sorte de lectures?

BOLETTE

Oui, je lis cela quand j'ai le temps. Mais je dois, avant tout, prendre soin du ménage.

ARNHOLM

Votre mère — votre belle-mère — ne vous aide donc pas ?

BOLETTE

Non, c'est mon département. Je m'en suis occupée durant les deux années que père a vécu seul. Et j'ai continué depuis....

ARNHOLM

Et pourtant vous avez gardé le goût de l'étude ?

BOLETTE

Oui, je lis des livres utiles tant que je peux. Il faut bien se renseigner un peu sur le monde qu'on habite. Nous sommes ici tellement en dehors de tout.

ARNHOLM

Ne dites pas cela, chère Bolette.

BOLETTE

Oh, si ! Il n'y a pas grande différence, je crois, entre notre vie et celle des perches de l'étang. Elles sont tout près du fiord, que fendent en tout sens les poissons sauvages, les grands poissons de mer. Mais, tous ces pauvres poissons domestiques n'en

savent rien. Jamais ils ne prendront part à cette
existence inconnue.

ARNHOLM

Ils auraient tort, je crois, de s'y aventurer.

BOLETTE

Mon Dieu, elles n'en seraient peut-être pas beaucoup plus à plaindre.

ARNHOLM

D'ailleurs, vous ne pouvez pas dire qu'on soit
ici tellement en dehors de tout. Pas en été, du
moins. C'est devenu, paraît-il, une espèce de carrefour des nations, — presque un centre universel,
par où l'on passe, il est vrai, sans s'y arrêter.

BOLETTE, souriant.

Oui, oui, moquez-vous de nous vous qui n'êtes
ici vous-même qu'en passant.

ARNHOLM

Voyons ! Ai-je l'air de me moquer de vous?

BOLETTE

Oui, puisque vous répétez les propos qu'on tient
en ville : centre universel, carrefour des nations :
on n'entend que cela ici.

ARNHOLM

Eh bien, oui, je l'avoue, j'en ai été frappé.

BOLETTE

Dans tout cela, il n'y a pas un mot de vrai. Que nous importe, à nous, qui sommes fixés ici pour toujours, que des gens de tous pays passent par ici pour aller voir le soleil de minuit? Nous continuons, nous, à vivre dans la mare aux perches.

ARNHOLM, s'asseyant près d'elle.

Dites-moi, chère Bolette, cette nostalgie — que trahissent vos paroles — n'aurait-elle pas quelque raison spéciale? — Dites.

BOLETTE

Peut-être.

ARNHOLM

— Voyons, — qu'est-ce que cela peut bien être? Après quoi soupirez-vous ainsi?

BOLETTE

Avant tout, je voudrais sortir d'ici. M'en aller.

ARNHOLM

Avant tout, dites-vous?

BOLETTE

Et puis je voudrais apprendre plus que je ne sais.
Me rendre un peu compte de tout.

ARNHOLM

Du temps où je vous donnais des leçons, votre
père parlait de vous faire entrer à l'université.

BOLETTE

Pauvre père, — il dit tant de choses. Mais le
moment venu.... — Il manque un peu de ressort,
père.

ARNHOLM

Hélas, oui ! Il n'en a pas beaucoup. Mais avez-
vous jamais abordé la question ? Lui avez-vous
parlé sérieusement, avec insistance ?

BOLETTE

— Non, c'est vrai. Jamais.

ARNHOLM

Eh bien ! il faut le faire, absolument. Avant qu'il
soit trop tard. Pourquoi n'avez-vous pas fait cela,
Bolette ?

BOLETTE

Sans doute parce que, moi aussi, je manque de ressort. Je dois tenir cela de mon père.

ARNHOLM

Hem ! peut-être êtes-vous injuste envers vous-même.

BOLETTE

Hélas, non ! Et puis père n'a guère le temps de s'occuper de mon avenir. Et il n'en a guère envie non plus. C'est là un souci dont il aimerait à se décharger. Il est si exclusivement épris d'Ellida.

ARNHOLM

De qui, dites-vous ?

BOLETTE

Je veux dire que lui et ma belle-mère... (S'interrompant.) Enfin, mon père et ma mère ont leur existence à eux. Vous comprenez.

ARNHOLM

Il n'en est que plus urgent pour vous de vous affranchir.

BOLETTE

Oui, mais ai-je bien le droit de le faire, le droit d'abandonner père ?

ARNHOLM

Mais, chère Bolette, il faudra bien que vous vous y décidiez un jour. Autant le faire dès maintenant.

BOLETTE

Allons, je vois qu'il faut passer par là en effet. Il me faut penser un peu à moi-même, tâcher de me faire une position. Si père venait à me manquer un jour, je resterais sans appui aucun. Pauvre père !— C'est égal, je tremble à l'idée de le quitter.

ARNHOLM

Vous tremblez ?

BOLETTE

Oui, pour lui.

ARNHOLM

Eh ! mon Dieu, n'a-t-il pas votre belle-mère ? Elle est là pour...

BOLETTE

Oui, oui. Mais elle ne sait pas s'y prendre avec lui dans certains cas, comme le savait mère. Il y a tant de choses que celle-ci ne voit pas ou, peut-être, ne veut pas voir, — ou dont elle ne se soucie pas. Je ne sais qu'en penser au juste.

ARNHOLM

Hem, — je crois comprendre à quoi vous faites allusion.

BOLETTE

Pauvre père ! — Il a ses faiblesses. Vous l'aurez peut-être remarqué vous-même. Les affaires ne suffisent pas à remplir sa journée. — Et puis, il ne trouve pas chez sa femme le soutien dont il a besoin. C'est peut-être un peu sa propre faute.

ARNHOLM

Comment cela ?

BOLETTE

Oh ! père aime tant à voir autour de lui des visages gais. Il faut, comme il dit, du soleil dans la maison. Alors je crains que parfois il ne lui donne des drogues qui finissent par lui faire du mal.

ARNHOLM

Vous croyez ?

BOLETTE

On ne m'ôtera pas cela de la tête. Elle est si étrange, de temps en temps. (Vivement.) Non, ce n'est pas juste, après tout, que je reste dans cette mai-

son ! Je ne suis, à vrai dire, d'aucun secours à père.
Et il me semble que j'ai aussi quelques devoirs
envers moi-même.

ARNHOLM

Ecoutez, Bolette : il faut que nous parlions
sérieusement de cela, vous et moi.

BOLETTE

A quoi bon ? Après tout, je suis, sans doute, faite
pour rester toute ma vie dans la mare aux perches.

ARNHOLM

Mais non ! il dépend de vous d'en sortir.

BOLETTE, vivement.

Vous croyez ?

ARNHOLM

J'en suis sûr. Vous êtes entièrement maîtresse
de votre destinée.

BOLETTE

Oh! S'il pouvait en être ainsi ! Auriez-vous l'intention de parler à père ?

ARNHOLM

Cela aussi. Mais avant tout je tiens à vous par-

ler à vous-même, ma chère Bolette. Bien franchement. A cœur ouvert. (Regardant à gauche.) Chut ! Ne
faites semblant de rien. Nous reprendrons cette
conversation plus tard.

> (Ellida vient de gauche. Elle est sans chapeau,
> enveloppée seulement dans un grand châle, qui lui
> couvre la tête et les épaules.)

ELLIDA, avec une vivacité inquiète.

Il fait bon ici. C'est délicieux !

ARNHOLM, se levant.

Vous avez fait une promenade?

ELLIDA

Oui, une belle et longue promenade, avec Wangel. Maintenant, nous mettons à la voile.

BOLETTE

Tu ne veux pas t'asseoir?

ELLIDA

Non, merci. Je ne veux pas m'asseoir.

BOLETTE, faisant place sur le banc.

Il y a de la place, tu sais.

ELLIDA, allant et venant.

Non, non, non. Je ne veux pas m'asseoir. Je ne
veux pas.

ARNHOLM

La promenade vous a fait du bien. Vous paraissez toute animée.

ELLIDA

Oh! Je me sens si bien! C'est un sentiment de bonheur, comme je n'en ai jamais éprouvé, d'immense sécurité! (Regardant à gauche.) Quel est ce grand vapeur qui arrive?

BOLETTE, se levant et regardant.

C'est sans doute le grand bateau anglais.

ARNHOLM

Il s'arrête à la pointe. Est-ce sa place ordinaire?

BOLETTE

Oui, il y fait halte une demi-heure, avant de remonter le fiord.

ELLIDA

Il ressortira demain. Il reprendra le large. Il regagnera la pleine mer. La mer ouverte, celle qui s'étend jusqu'à l'autre continent. Ah! Si on était à bord! Si on pouvait! Si on pouvait!

ARNHOLM

Vous n'avez jamais fait de traversée, madame Wangel?

ELLIDA

Jamais. De petits voyages dans les fiords. C'est tout.

BOLETTE

Ma foi, oui! Il faut bien nous contenter de la terre ferme.

ARNHOLM

Eh! N'est-ce pas notre élément, après tout?

ELLIDA

Je ne le crois pas.

ARNHOLM

La terre ferme?

ELLIDA

Non. Je ne crois pas que ce soit notre élément. Je crois que, si l'homme avait pris, dès l'origine, l'habitude de vivre sur mer,— dans la mer, peut-être, — nous aurions atteint aujourd'hui une perfection dont nous n'avons aucune idée. Nous serions meilleurs et plus heureux.

ARNHOLM

Vous en êtes sûre?

ELLIDA

Presque. J'en ai souvent parlé à Wangel.

ARNHOLM

Et qu'en dit-il, lui?

ELLIDA

Que je pourrais bien avoir raison.

ARNHOLM, plaisantant.

Admettons. Mais ce qui est fait est fait. Nous nous sommes trompés de route et sommes devenus des animaux de terre au lieu de devenir des animaux marins. Il est trop tard pour rentrer dans le droit chemin.

ELLIDA

Vous dites là une triste vérité. Et je crois que les hommes en ont l'obscur sentiment, que ce sentiment les travaille comme un mal rongeur. Croyez-m'en, c'est là que la tristesse humaine a sa racine la plus profonde. Oui, oui, vous pouvez m'en croire.

ARNHOLM

Mais, chère madame Wangel, les hommes ne me font pas l'effet, en général, d'être à tel point rongés de tristesse. Il me semble, au contraire, que la plupart d'entre eux prennent la vie gaiement, et qu'il règne au fond de leurs âmes une grande joie, calme et inconsciente.

ELLIDA

Non, c'est faux. Cette joie est celle qu'on éprouve durant les longs jours d'été et que trouble le pressentiment des ténèbres prochaines. Il plane sur les joies humaines, comme la nue errante plane sur le fiord qu'elle obscurcit de son ombre. Tout à l'heure, la nappe bleue miroitait au soleil. Et soudain...

BOLETTE

Tu ne devrais pas t'abandonner à ces tristes pensées. Tu étais à l'instant, si gaie, si animée.

ELLIDA

Oui, oui, je l'étais. Oh! c'est si bête. (Regardant autour d'elle, inquiète.) Et Wangel qui ne vient pas! Il me l'avait promis. Il ne viendra pas. Il aura oublié. Mon cher Arnholm, vous seriez bien gentil de me l'amener?

ARNHOLM

Très volontiers.

ELLIDA

Dites-lui de venir de suite. Je ne le vois plus.

ARNHOLM

Vous ne le voyez plus?

ELLIDA

Vous ne comprenez pas. Quand il n'est pas près de moi il m'arrive d'oublier sa figure et il me vient une affreuse sensation, celle de l'avoir perdu. Allez, allez, je vous en prie.

(Elle va et vient, au bord de l'étang.)

BOLETTE, à Arnholm.

Je vous accompagne. Vous ne le trouveriez pas.

ARNHOLM

Mais si, je vous assure.

BOLETTE, à demi voix.

Non, non, je suis inquiète. J'ai peur qu'il ne soit allé faire visite au bateau.

ARNHOLM

Vous avez peur, dites-vous?

BOLETTE

Oui, il va voir s'il y a des connaissances à bord... Et alors il entre au restaurant. Vous comprenez?

ARNHOLM

Très bien. Venez.

(Ils disparaissent à gauche.
(Ellida se tient un instant immobile au bord de l'étang,

les regards fixés sur l'eau. De temps en temps, elle
dit tout bas quelques mots sans suite.)

(Sur le sentier, derrière la barrière du jardin, on
aperçoit *un Étranger* en habit de voyage. Chevelure
et barbe drues et rousses. Bonnet écossais. Sac de
voyage en bandoulière.)

L'ÉTRANGER, longe lentement la barrière et plonge ses regards
dans le jardin. En apercevant Ellida, il s'arrête, la regarde fixement et dit, d'une voix étouffée :

Bonsoir, Ellida !

ELLIDA, se retourne et s'écrie :

Enfin, mon cher, te voici !

L'ÉTRANGER

Oui, enfin.

ELLIDA, le regardant étonnée, inquiète.

Qui êtes-vous? Vous cherchez quelqu'un?

L'ÉTRANGER

Tu le sais.

ELLIDA, saisie.

Qu'est-ce que cela veut dire? Est-ce à moi que
vous parlez? Qui cherchez-vous ?

L'ÉTRANGER

Toi, tu le vois bien.

8

ELLIDA, altérée.

Ah ! (Elle le regarde fixement, fait un pas en arrière, en frissonnant et pousse un cri à demi-étouffé.) Oh ! ces yeux ! Ces yeux !

L'ÉTRANGER

Allons, — tu commences à me reconnaître ? Moi, je t'ai reconnue tout de suite, Ellida.

ELLIDA

Oh ! ces yeux ! Ne me regardez pas ainsi ! Je vais appeler !

L'ÉTRANGER

Chut, chut. N'aie pas peur. Je ne te ferai pas de mal.

ELLIDA, se couvrant les yeux.

Ne me regardez pas ainsi, vous dis-je.

L'ÉTRANGER, s'accoudant à la barrière.

J'ai pris le bateau anglais.

ELLIDA, le regardant attentivement à la dérobée.

Que me voulez-vous ?

L'ÉTRANGER

Ne t'ai-je pas promis de venir aussitôt que je le pourrais ?

ELLIDA

Partez ! Allez-vous-en ! Ne revenez jamais, jamais ! Je vous ai écrit que tout était rompu entre nous ! Tout ! Vous le savez !

L'ÉTRANGER, impassible, sans répondre.

Je serais venu plus tôt. Mais c'était impossible. Enfin, j'ai pu venir. Et me voici, Ellida.

ELLIDA

Que me voulez-vous ? Que demandez-vous ? Pourquoi êtes-vous venu ?

L'ÉTRANGER

Tu comprends que si je suis venu c'est pour t'emmener.

ELLIDA, reculant avec effroi.

M'emmener ! Vous voulez m'emmener !

L'ÉTRANGER

Sans doute.

ELLIDA

Ne savez-vous donc pas que je suis mariée ?

L'ÉTRANGER

Je le sais.

ELLIDA

Et malgré cela...! Vous venez,... vous venez
m'emmener!

L'ÉTRANGER

Oui.

ELLIDA, se prenant la tête entre les deux mains.

Quelle horreur! Quelle épouvante!

L'ÉTRANGER

Est-ce que tu ne voudrais pas?

ELLIDA, effarée.

Ne me regardez pas ainsi.

L'ÉTRANGER

Je te demande si tu ne veux pas.

ELLIDA

Non, non, non! Je ne veux pas! Je ne veux pas!
Jamais, jamais! Je ne veux pas, vous dis-je! Je ne
veux pas! Je ne veux pas! (Plus bas.) Je n'ose pas.

L'ÉTRANGER, franchit la barrière et entre au jardin.

C'est bien, Ellida, c'est bien. — Laisse-moi seu-
ment te dire un mot avant de partir.

ELLIDA, veut fuir, mais ne peut pas. Elle semble paralysée par la peur et s'appuie à un tronc d'arbre près de l'étang.

Ne me touchez pas! Ne m'approchez pas! Pas un pas de plus! Ne me touchez pas, vous dis-je!

L'ÉTRANGER, avec ménagement, faisant quelques pas vers elle.

Il ne faut pas avoir si peur de moi, Ellida.

ELLIDA, se couvrant les yeux.

Ne me regardez pas ainsi.

L'ÉTRANGER

N'aie pas peur. N'aie donc pas peur.

(Wangel arrive par le jardin.)

WANGEL, à mi-chemin entre les arbres.

Eh bien! je t'ai fait longtemps attendre.

ELLIDA, se précipite vers lui et se cramponne à son bras en s'écriant

Sauve-moi, Wangel! — Sauve-moi, — si tu peux.

WANGEL

Qu'y a-t-il, Ellida? Au nom de Dieu, qu'y a-t-il?

ELLIDA

Sauve-moi, Wangel! Vois-tu cet homme? Là!

WANGEL, regardant.

Cet homme ? (S'approchant.) Puis-je savoir qui vous êtes ? Et pourquoi vous venez dans mon jardin ?

L'ÉTRANGER, indiquant Ellida.

J'ai à lui parler, à elle.

WANGEL

Vraiment ? C'était donc vous...? (A Ellida.) On m'a dit, en effet, qu'un étranger avait demandé à te parler.

L'ÉTRANGER

C'était moi.

WANGEL

Et que lui voulez-vous, à ma femme ? (Se tournant vers elle.) Tu le connais, Ellida ?

ELLIDA, bas, se tordant les mains.

Si je le connais ? Oui, oui, oui !

WANGEL, brusquement.

Eh bien ?

ELLIDA

C'est lui, Wangel ! C'est lui ! Celui que tu sais !

WANGEL

Quoi ! Que dis-tu là ! (Se tournant vers lui.) Vous êtes ce Johnston qui... ?

L'ÉTRANGER

Va pour Johnston. Vous pouvez m'appeler ainsi, si bon vous semble. Quoique ce ne soit pas mon nom.

WANGEL

Ce n'est pas votre nom ?

L'ÉTRANGER

A l'heure qu'il est, non.

WANGEL

Et que lui voulez-vous, à ma femme ? Car vous devez savoir que la fille du directeur du phare est mariée depuis longtemps. Et vous savez sans doute avec qui.

L'ÉTRANGER

Il y a trois ans que je le sais.

ELLIDA, anxieusement.

Comment l'avez-vous appris ?

L'ÉTRANGER

Je venais te rejoindre. Un vieux journal me

tomba entre les mains. C'était un journal d'ici. Il y était question de ton « union ».

ELLIDA, le regard perdu devant elle.

C'était donc cela.

L'ÉTRANGER

Cela me fit un singulier effet. Quand nous joignîmes nos bagues, Ellida, — c'était aussi une union.

ELLIDA, se cachant la figure dans les mains.

Oh !

WANGEL

Comment osez-vous...!

L'ÉTRANGER

L'avais-tu oublié ?

ELLIDA, sentant son regard fixé sur elle, s'écrie.

Ne me regardez pas ainsi !

WANGEL, se plaçant devant lui.

C'est à moi que vous devez vous adresser, pas à elle. En deux mots : maintenant que vous savez à quoi vous en tenir, — vous n'avez plus rien à faire ici. Pourquoi avez-vous voulu parler à ma femme ?

L'ÉTRANGER

J'avais promis à Ellida de venir la trouver dès
que je le pourrais.

WANGEL

Ellida ! Encore !

L'ÉTRANGER

Et Ellida avait promis de m'attendre.

WANGEL

Je vous entends appeler ma femme par son pré-
nom. Ces familiarités ne sont pas de mise chez
nous.

L'ÉTRANGER

Je le sais. Mais comme c'est à moi qu'elle
appartient avant tout...

WANGEL

A vous ? Vous persistez !

ELLIDA, se serrant contre Wangel.

Oh ! Il ne me lâchera pas !

WANGEL

Elle vous appartient ? Vous dites qu'elle vous
appartient ?

L'ÉTRANGER

Vous a-t-elle parlé des deux bagues, la sienne et la mienne ?

WANGEL

Oui. Eh bien ? N'a-t-elle pas rompu avec vous ? Vous avez reçu ses lettres. Vous le savez donc aussi bien que moi.

L'ÉTRANGER

Nous sommes convenus, Ellida et moi, qu'en unissant nos bagues nous nous unissions à jamais, par un pacte indissoluble.

ELLIDA

Mais je ne veux pas, entendez-vous ! Je ne veux plus entendre parler de vous ! Jamais ! Ne me regardez pas ainsi ! Je ne veux pas, vous dis-je !

WANGEL

Il faut que vous soyez fou pour prétendre fonder un droit sur un simple jeu d'enfants.

L'ÉTRANGER

C'est vrai. Je n'ai aucun droit dans le sens que vous attachez à ce mot.

WANGEL

Alors, que prétendez-vous faire ? Vous ne vous figurez pas, j'imagine, que vous me l'enlèverez de force ! Contre son gré !

L'ÉTRANGER

Non. A quoi bon ? Si Ellida veut me suivre, il faut qu'elle vienne librement.

ELLIDA, saisie, s'écrie.

Librement !

WANGEL

Et vous vous figurez que... !

ELLIDA, le regard perdu.

Librement !

WANGEL

Vous n'êtes pas dans votre bon sens. Allez-vous-en ! Nous n'avons plus rien à nous dire.

L'ÉTRANGER, regardant sa montre.

Il est bientôt l'heure de remonter à bord. (S'avançant d'un pas.) Oui, oui, Ellida, j'ai fait mon devoir, moi. (Se rapprochant encore.) J'ai tenu la parole que je t'avais donnée.

ELLIDA, avec une supplication dans la voix, en reculant.

Oh ! ne me touchez pas !

L'ÉTRANGER

Je te laisse le temps de réfléchir jusqu'à demain soir.

WANGEL

Il n'y a pas à réfléchir, partez, et plus vite que cela !

L'ÉTRANGER, continuant à parler à Ellida.

Le bateau va remonter le fiord. Il reviendra demain soir. Je serai là, tu m'attendras au jardin. Tu comprends : il vaut mieux que nous soyons seuls pour terminer cette affaire.

ELLIDA, bas, en tremblant.

Tu entends, Wangel !

WANGEL

Sois tranquille. Nous saurons empêcher cette visite.

L'ÉTRANGER

Au revoir, Ellida, à demain soir.

ELLIDA, suppliante.

Oh, non ! non ! ne revenez pas demain soir ! Ne revenez jamais !

L'ÉTRANGER

Et si, jusque-là, tu te décidais à me suivre, à prendre la mer avec moi...

ELLIDA

Oh ! ne me regardez pas ainsi !

L'ÉTRANGER

Il faudrait être prête à partir.

WANGEL

Rentre à la maison, Ellida.

ELLIDA

Je ne peux pas. Oh ! viens à mon secours, Wangel ! sauve-moi !

L'ÉTRANGER

Car sache le bien : si tu ne pars pas avec moi demain, c'est fini pour toujours.

ELLIDA, le regardant en tremblant.

Pour toujours ? Fini, dites-vous ?

L'ÉTRANGER, hochant la tête.

Irrévocablement, Ellida. Je ne reviendrai jamais dans ces parages. Tu ne me reverras jamais, tu n'entendras jamais parler de moi. Je serai mort pour toi.

ELLIDA, avec un soupir inquiet.

Oh !

L'ÉTRANGER

Ainsi, réfléchis bien, avant de te résoudre. Adieu. (Il repasse la barrière, s'arrête et ajoute.) Je le répète, Ellida, sois prête à partir demain soir, je viendrai te chercher.

(Il s'en va lentement, d'un pas calme, par le sentier, et disparaît à droite.)

ELLIDA, le suivant un instant du regard.

Librement, a-t-il dit ! Pense donc ! Partir avec lui librement ! Il a dit cela.

WANGEL

Allons ! remets-toi. Il est parti, tu ne le reverras plus jamais.

ELLIDA

Y penses-tu ! Il reviendra demain soir.

WANGEL

Qu'il revienne, s'il veut. Tout ce que je sais c'est qu'il ne te verra pas.

ELLIDA, secouant la tête,

Non, Wangel, tu ne peux l'en empêcher.

WANGEL

Mais si, ma chérie, compte sur moi.

ELLIDA, réfléchissant.

Et après son retour, demain soir ? — Et après son départ, ensuite... ?

WANGEL

Eh bien ?

ELLIDA

Crois-tu qu'il ne revienne plus jamais, jamais?

WANGEL

Non, chère Ellida, tu peux être tranquille. Que viendrait-il faire ici désormais ? Maintenant que tu lui as nettement signifié ton désir de ne plus entendre parler de lui ? Avec cela, tout est dit.

ELLIDA, le regard perdu devant elle.

Ainsi, demain ou jamais.

WANGEL

Et si même il s'avisait de revenir...

ELLIDA, anxieuse.

Alors ?

WANGEL

Il est en notre pouvoir de le rendre inoffensif.

ELLIDA

Comment cela?

WANGEL

C'est en notre pouvoir, te dis-je! S'il n'y a pas d'autre moyen pour t'en débarrasser, on lui fera expier la mort du capitaine !

ELLIDA, violemment.

Non, non, non ! Pas cela ! Nous ne savons rien sur la mort du capitaine. Absolument rien !

WANGEL

Nous ne savons rien ? Puisqu'il te l'a avoué lui-même !

ELLIDA

Non, non! Je ne veux pas! Si tu parles, je nie tout. Il ne faut pas qu'on l'enferme ! Il appartient au large, à la grande mer. Il appartient à la mer.

WANGEL, la regarde et dit lentement.

Ah, Ellida, Ellida !

ELLIDA, se cramponnant violemment à lui.

O mon cher Wangel, mon fidèle appui, — sauve-moi des mains de cet homme !

WANGEL, se dégageant doucement.

Viens avec moi ! Viens !

(Lyngstrand et Hilde, leurs filets à la main, viennent de droite, en longeant l'étang.)

LYNGSTRAND, s'approchant vivement d'Ellida.

Madame, il se passe quelque chose d'étrange.

WANGEL

Quoi ?

LYNGSTRAND

Pensez donc ! Nous avons vu passer l'Américain.

WANGEL

L'Américain ?

HILDE

Moi aussi, je l'ai vu.

LYNGSTRAND

Il se dirigeait vers la mer. Il doit s'être embarqué sur le grand bateau anglais.

9

WANGEL

D'où connaissez-vous cet homme?

LYNGSTRAND

J'ai fait une traversée avec lui. J'étais sûr qu'il s'était noyé. Et le voici bien vivant.

WANGEL

Savez-vous quelque chose de précis sur son compte?

LYNGSTRAND

Non. Mais il vient certainement tirer vengeance de l'infidèle.

WANGEL

Comment cela?

HILDE

Lyngstrand va s'en inspirer pour faire une œuvre d'art.

WANGEL

Je ne comprends pas un mot de ce que vous dites.

ELLIDA

Je t'expliquerai cela.

(Arnholm et Bolette arrivent par le sentier, venant de droite.)

BOLETTE, par-dessus la barrière.

Venez voir! Voici le bateau anglais qui remonte le fiord.

(On voit passer à quelque distance un grand bateau.)

LYNGSTRAND

C'est cette nuit qu'il viendra la trouver, j'en suis sûr.

HILDE, opinant de la tête.

Oui, oui, l'infidèle...

LYNGSTRAND

A minuit!

HILDE

Oh! ce sera bien émotionnant.

ELLIDA, suivant des yeux le bateau.

Ainsi... demain...

WANGEL

Et puis plus jamais.

ELLIDA, bas, d'une voix tremblante.

Oh! Wangel, sauve-moi de moi-même!

WANGEL, la regardant avec angoisse.

Ellida ! Il y a au fond de tout cela quelque chose qui m'échappe.

ELLIDA

Oui, il y a le vertige, l'attirance...

WANGEL

L'attirance ?

ELLIDA

Cet homme est comme la mer.

(Elle traverse le jardin, se dirigeant vers la droite, lentement, l'air absorbé. Wangel marche à côté d'elle, en la scrutant du regard.)

QUATRIÈME ACTE

(Le salon des *Wangel*. Porte à droite, porte à gauche. Au fond, entre les deux fenêtres, une porte vitrée ouverte, conduisant à la vérandah. Au bas de celle-ci, on aperçoit une partie du jardin. Au premier plan, à gauche, un sofa et une table. A droite, un piano. Un peu plus au fond, une grande corbeille de fleurs. Au milieu de la chambre, une table ronde et deux chaises. Sur la table, un rosier fleuri, entouré d'autres pots de fleurs. L'avant-midi.)

(*Bolette* est assise sur le sofa, à gauche. Elle fait de la broderie. Sur une chaise, de l'autre côté de la table, vers le fond, *Lyngstrand*. En bas, dans le jardin, *Ballested* peint. A côté de lui, *Hilde* le regarde.)

LYNGSTRAND, accoudé à la table, regarde un instant en silence Bolette travailler.

Cela doit être difficile à broder, cette bande, mademoiselle Wangel.

BOLETTE

Non, pas trop. Si l'on trace bien le dessin.

LYNGSTRAND

Vous dessinez donc?

BOLETTE

Oui, pour la broderie. Regardez.

LYNGSTRAND

C'est juste ! Mais c'est presque de l'art, cela ! Ainsi, vous savez dessiner ?

BOLETTE

Oh oui ! Si j'ai un modèle.

LYNGSTRAND

Pas sans cela ?

BOLETTE

Non, pas sans cela.

LYNGSTRAND

Alors, ce n'est tout de même pas de l'art.

BOLETTE

Non, il ne s'agit que d'un peu d'habileté.

LYNGSTRAND

Mais je crois que vous pourriez apprendre un art.

BOLETTE

Même sans talent ?

LYNGSTRAND

Mais oui, en compagnie d'un véritable artiste.

BOLETTE

Vous croyez qu'il m'enseignerait son art?

LYNGSTRAND

Pas au sens ordinaire du mot. Mais vous arrive-
riez peu à peu à le refléter. Cela tient du prodige,
mademoiselle Wangel.

BOLETTE

C'est étrange, en effet.

LYNGSTRAND, après un court silence.

Avez-vous jamais réfléchi au mariage, Mademoiselle? Là, bien sérieusement?

BOLETTE, le regardant un moment.

Moi?... Non.

LYNGSTRAND

J'y ai réfléchi, moi.

BOLETTE

Ah? Vraiment?

LYNGSTRAND

Mais oui, je réfléchis beaucoup à ces choses-là.
Surtout au mariage. Et puis j'ai beaucoup lu sur le
sujet. Je crois que, dans le mariage aussi, il se
passe un prodige. Il est prodigieux, en effet, que la
femme puisse se transformer, jusqu'à finir par res-
sembler à son mari.

BOLETTE

Jusqu'à s'intéresser aux mêmes objets que lui,
voulez-vous dire ?

LYNGSTRAND

Oui.

BOLETTE

Cependant, les dispositions innées, — les facul-
tés, — les talents...

LYNGSTRAND

Hem ! Je me demande si, même sous ce rapport...

BOLETTE

Vous finirez par soutenir qu'un homme peut
transmettre à sa femme tout ce qu'il a appris ou
pensé.

LYNGSTRAND

Pourquoi pas? Peu à peu. Comme par miracle. Mais, j'en conviens, cela ne peut se réaliser que dans les ménages très unis, parfaitement heureux.

BOLETTE

N'avez-vous jamais pensé qu'un homme puisse, de même, subir la contagion de sa femme? Devenir semblable à elle?

LYNGSTRAND

Un homme? Non! je ne me représente pas cela.

BOLETTE

Pourquoi pas un homme aussi bien qu'une femme?

LYNGSTRAND

Parce qu'un homme a une vocation. C'est elle qui constitue sa force, sa puissance. Oui, mademoiselle Wangel, l'homme a une vocation.

BOLETTE

Chaque homme?

LYNGSTRAND

Oh! non. Je songe surtout aux artistes.

BOLETTE

Trouvez-vous qu'un artiste fasse bien de se marier?

LYNGSTRAND

Oui, s'il aime vraiment.

BOLETTE

N'importe. A mon avis, il ne devrait vivre que pour son art.

LYNGSTRAND

Certainement. Mais il peut continuer à le faire même après le mariage.

BOLETTE

Eh bien! et sa femme?

LYNGSTRAND

Que voulez-vous dire?

BOLETTE

Oui, sa femme? S'il vit pour son art, pour quoi vivra-t-elle?

LYNGSTRAND

Pour l'art de son mari. Je ne puis pas me figurer de plus grand bonheur pour une femme.

BOLETTE

Hem! C'est une question...

LYNGSTRAND

Soyez-en persuadée, Mademoiselle. Il ne s'agit pas seulement de l'honneur et de la considération qui rejailliront sur elle. C'est secondaire, je le veux bien. Mais l'aider dans son œuvre, lui faciliter le travail en veillant sur lui, en le soignant, en le dorlottant, en lui rendant la vie douce, quelle joie pour une femme!

BOLETTE

Oh! vous ne savez pas combien vous êtes égoïste!

LYNGSTRAND

Egoïste! moi! Comme on voit que vous ne me connaissez pas! (Se penchant vers elle.) Mademoiselle Wangel, quand je ne serai plus là, — et je n'en ai pas pour longtemps...

BOLETTE, le regardant avec compassion.

Chassez donc ces tristes pensées.

LYNGSTRAND

Mais... il n'y a là rien de bien triste.

BOLETTE

Comment?...

LYNGSTRAND

Mais oui : je m'en vais dans un mois. Je vous dis adieu. Puis je pars pour le Midi.

BOLETTE

Ah! très bien.

LYNGSTRAND

Quand je ne serai plus là, penserez-vous quelquefois à moi, Mademoiselle?

BOLETTE

Certainement.

LYNGSTRAND, joyeusement.

Vous me le promettez?

BOLETTE

Je vous le promets.

LYNGSTRAND

Vous me le jurez, mademoiselle Bolette?

BOLETTE

Je vous le jure. (Changeant de ton.) Mais à quoi bon tout cela? Qu'est-ce qui vous en reviendra?

LYNGSTRAND

Qu'est-ce qui m'en reviendra, dites-vous? La

joie de vous savoir ici, dans votre coin, occupée de moi en pensée.

BOLETTE

Et après?

LYNGSTRAND

Après? Je ne sais pas...

BOLETTE

Ni moi non plus. Il y a tant d'obstacles. Tout un monde!...

LYNGSTRAND

Oh! il peut arriver un miracle. Un coup du sort, — que sais-je? Je crois en mon étoile.

BOLETTE, vivement.

Vous avez raison! Il faut y croire!

LYNGSTRAND

Oh! j'y crois absolument. Et alors dans quelques années, — quand je serai devenu un sculpteur célèbre, et que je reviendrai, dans tout l'éclat de la gloire et de la santé...

BOLETTE

Oui, oui. Espérons qu'il en sera ainsi.

LYNGSTRAND

Vous pouvez en être sûre. Pourvu que vous me conserviez une pensée tendre et fidèle... Et vous me l'avez juré?

BOLETTE

Oui. (Hochant la tête.) Et pourtant cela ne peut aboutir à rien.

LYNGSTRAND

Eh! mademoiselle Bolette, cela aboutira tout au moins à me faciliter mon œuvre, à en hâter l'éclosion.

BOLETTE

Vous croyez?

LYNGSTRAND

Oui, j'en ai le sentiment très profond. Et il me semble que cela devrait vous stimuler vous-même de savoir que, de votre coin reculé, vous contribuez, jusqu'à un certain point, à ma création artistique.

BOLETTE, le regardant.

Eh bien! et vous, de votre côté?

LYNGSTRAND

Moi?

BOLETTE, regardant du côté du jardin.

Chut! Parlons d'autre chose. Voici le professeur.

(Arnholm paraît dans le jardin, à gauche. Il s'arrête et parle à Ballested et à Hilde.)

LYNGSTRAND

Vous aimez votre ancien professeur, mademoiselle Bolette?

BOLETTE

Si je l'aime?

LYNGSTRAND

Je vous demande si vous avez de l'affection pour
lui?

BOLETTE

Mais oui. C'est un excellent ami, de bon conseil
et toujours prêt à rendre service.

LYNGSTRAND

N'est-ce pas étonnant que, dans ces conditions,
il ne soit pas marié?

BOLETTE

Cela vous étonne?

LYNGSTRAND

Mais oui. On dit qu'il a de la fortune.

BOLETTE

On le dit. Et pourtant il lui est plus difficile qu'à un autre de trouver une jeune fille qui veuille l'épouser.

LYNGSTRAND

Pourquoi cela?

BOLETTE

Il a donné des leçons, dit-il lui-même, à presque toutes les jeunes filles de sa connaissance.

LYNGSTRAND

Qu'est-ce que cela fait?

BOLETTE

On n'épouse pas son professeur.

LYNGSTRAND

Vous ne croyez donc pas qu'une jeune fille puisse être amoureuse de son professeur ?

BOLETTE

Une grande jeune fille, non.

LYNGSTRAND

Vraiment ? Vous m'étonnez.

BOLETTE, doucement, le menaçant du doigt.

Allons, allons !

> (Ballested a, pendant ce temps, rassemblé ses
> objets de peinture. Il les emporte et disparaît à
> droite. Hilde l'aide et s'en va du même côté,
> Arnholm monte sur la vérandah et entre au salon.)

ARNHOLM

Bonjour, ma chère Bolette. Bonjour, monsieur
— monsieur — hem !

> (Il regarde Lyngstrand d'un air mécontent et le
> salue d'un signe de tête très sec. Lyngstrand se lève
> et salue.)

BOLETTE, se lève également et s'avance vers Arnholm.

Bonjour, monsieur le professeur.

ARNHOLM

Comment cela va-t-il ce matin ?

BOLETTE

Très bien, merci.

ARNHOLM

Votre belle-mère prend son bain, comme d'habitude?

BOLETTE

Non, elle est dans sa chambre.

ARNHOLM

Serait-elle indisposée ?

BOLETTE

Je ne sais pas… Elle s'est enfermée.

ARNHOLM

Hem. — Vraiment ?

LYNGSTRAND

L'arrivée de cet Américain semble avoir vivement impressionné Mme Wangel.

ARNHOLM

Qu'en savez-vous ?

LYNGSTRAND

Je l'ai vu à son attitude, quand je lui ai dit que je venais de rencontrer cet homme en chair et en os, tout près de son jardin.

ARNHOLM

Ah ?

BOLETTE, à Arnholm.

Vous êtes resté longtemps chez mon père hier soir.

ARNHOLM

Oui, assez longtemps. Nous avons eu un entretien sérieux.

BOLETTE

Avez-vous eu l'occasion de l'entretenir un peu de moi et de ce qui me concerne ?

ARNHOLM

Non, chère Bolette. Je n'ai pu lui en parler, il était trop préoccupé d'autre chose.

BOLETTE, soupirant.

Oh ! il l'est toujours.

ARNHOLM, avec un regard significatif.

Mais nous en causerons à fond dans le courant de la journée. — Où est votre père? Il est sorti?

BOLETTE

Non. Il doit être dans son cabinet de travail. Je vais le chercher.

ARNHOLM

Merci. N'en faites rien. Je préfère aller le trouver moi-même.

BOLETTE, tendant l'oreille à gauche.

Attendez un peu. Je crois que je l'entends descendre. Oui. Il vient, sans doute, de chez elle.

(Wangel entre par la porte de gauche.)

WANGEL, tendant la main à Arnholm.

Comment, cher ami, — vous ici, à cette heure? C'est gentil à vous. J'ai justement à vous parler.

BOLETTE, à Lyngstrand.

Voulez-vous que nous rejoignions Hilde au jardin ?

LYNGSTRAND

Bien volontiers, Mademoiselle.

(Bolette et Lyngstrand descendent au jardin et se dirigent vers le bouquet d'arbres du fond.)

ARNHOLM, qui les a suivis des yeux, se retournant vers Wangel

Vous connaissez bien ce jeune homme ?

WANGEL

Je le connais à peine.

ARNHOLM

Ne le trouvez-vous pas bien familier avec les fillettes?

WANGEL

Vraiment ? Je ne m'en étais pas aperçu.

ARNHOLM

Il faudrait y faire attention.

WANGEL

Certainement. Vous avez raison. Mais qu'y puis-je,
mon ami? Les petites sont si accoutumées maintenant à n'en faire qu'à leur tête. Elles ne se laissent
conduire ni par moi, ni par Ellida.

ARNHOLM

Pas même par votre femme?

WANGEL

Non. D'ailleurs, je ne puis exiger qu'elle s'occupe des enfants. Ce n'est pas fait pour elle.
(S'interrompant.) Mais ce n'est pas de cela que nous
avons à causer. Dites-moi, — avez-vous réfléchi à
tout ce que je vous ai dit?

ARNHOLM

Je n'ai pensé qu'à cela depuis que nous nous
sommes quittés.

WANGEL

Et que croyez-vous qu'il me reste à faire?

ARNHOLM

Mon cher docteur, en qualité de médecin, vous
devez, je crois, le savoir mieux que moi.

WANGEL

Oh ! si vous saviez combien il est difficile à un médecin de bien juger le cas d'un malade auquel il tient par tous les liens de la plus tendre affection ! Et notez qu'il ne s'agit pas ici d'une maladie ordinaire. Et ce n'est pas un médecin ordinaire qui pourrait y remédier, — ni des moyens ordinaires qu'il faudrait employer.

ARNHOLM

Comment va-t-elle ce matin ?

WANGEL

Je viens de chez elle. Elle paraissait tout à fait calme. Mais, quel que soit son état, il y a toujours en elle un mystère que je ne parviens pas à saisir. Elle est, en outre, si inégale, — si décevante, — si sujette à se transformer d'un instant à l'autre.

ARNHOLM

Cela tient, sans doute, à son état général.

WANGEL

Pas seulement. A proprement parler, c'est inné. Ellida est de la race des gens de mer. C'est tout dire.

ARNHOLM

Comment l'entendez-vous, cher docteur ?

WANGEL

N'avez-vous jamais remarqué que les gens de là-bas, des bords de l'Océan, forment, en quelque sorte, une race à part ? C'est comme si leur vie tenait à celle de la mer. Il y a de la fluctuation, — de la marée, — dans leurs pensées et dans leurs sensations. Et ils ne s'acclimatent nulle part. Ah ! j'aurais dû y songer ! Ce fut un vrai crime envers Ellida que de l'enlever à son élément pour l'amener ici.

ARNHOLM

Vous en êtes certain ?

WANGEL

De plus en plus. Mais j'aurais dû me le dire plus tôt. Au fond, je le savais. Mais je ne voulais pas me l'avouer. Je l'aimais tant, voyez-vous ! Et je ne pensais qu'à moi-même. J'étais égoïste !

ARNHOLM

Mon Dieu ! qui n'eût pas été un peu égoïste à votre place ? D'ailleurs, c'est là un défaut que je ne vous ai jamais connu, cher docteur.

WANGEL, allant et venant, inquiet.

Oh si ! j'ai été égoïste alors et plus tard. J'ai tant d'années de plus qu'elle ! J'aurais dû être un père, un guide pour elle. J'aurais dû faire de mon mieux pour développer son esprit, éclaircir ses idées. Hélas ! je n'en ai rien fait. J'ai manqué d'énergie, voyez-vous ! Je préférais la conserver telle qu'elle était. Les choses allèrent de mal en pis. Je ne savais plus que faire. (Plus bas.) C'est dans cette cruelle perplexité que je vous écrivis, que je vous invitai à venir nous voir.

ARNHOLM, le regardant avec surprise.

Comment ? C'est pour cela que vous m'avez écrit ?

WANGEL

Oui, mais faites semblant de l'ignorer.

ARNHOLM

Mais, en vérité, cher docteur, qu'attendiez-vous de moi ? Je n'y comprends rien.

WANGEL

Cela ne m'étonne pas. J'étais sur une fausse piste. Je croyais que le cœur d'Ellida avait battu pour vous. Et que toute trace de ce sentiment n'avait pas encore disparu. Vous causeriez ensemble de l'ancien temps, de son ancien foyer. Cela lui ferait du bien, me disais-je.

ARNHOLM

Ainsi, quand vous m'écriviez en termes énigmaques qu' — on m'attendait ici, — que peut-être — on soupirait après moi, — c'est de votre femme qu'il s'agissait?

WANGEL

Oui. A qui avez-vous donc pensé?

ARNHOLM, brusquement.

Non, non. — Seulement, — je n'ai pas compris.

WANGEL

Encore une fois, cela ne m'étonne pas. J'étais sur une fausse piste.

ARNHOLM

Et vous dites que vous êtes égoïste!

WANGEL

C'est que j'avais une si grande faute à réparer. Avais-je le droit de négliger quoi que ce fût qui pût la soulager un peu?

ARNHOLM

Comment expliquez-vous le pouvoir que cet homme exerce sur elle?

WANGEL

Hem, — cher ami. Nous sommes là, je le crains, dans le domaine de l'inconnaissable.

ARNHOLM

C'est bien obscur, en effet.

WANGEL

Oui, c'est inexplicable, tout au moins jusqu'à nouvel ordre.

ARNHOLM

Vous croyez à ces choses-là?

WANGEL

Je ne dis ni oui, ni non. J'ignore, voilà tout. C'est pourquoi j'élimine la question.

ARNHOLM

Oui, mais... je pense à une chose. Ce qu'elle dit des yeux de l'enfant, — cette assertion si étrange, si répugnante...

WANGEL, vivement.

Quant à cela, je n'y crois pas! Je ne veux pas y

croire! C'est de la pure fantaisie. Ce ne peut être que cela.

ARNHOLM

Avez-vous observé les yeux de cet homme, hier?

WANGEL

Certainement.

ARNHOLM

Et vous n'avez pas trouvé de ressemblance?

WANGEL, embarrassé.

Hem! Mon Dieu, je ne sais que vous dire. Il faisait déjà un peu sombre. Et puis Ellida m'avait tant parlé de cette ressemblance. J'étais peut-être sous l'influence de ses propos.

ARNHOLM

Non, non, c'est possible. Mais cet autre mystère, cette angoisse qu'elle commença à éprouver précisément à l'époque où l'homme prétend avoir fait voile vers la Norvège?

WANGEL

Encore quelque chose qu'elle aura rêvé, que sa fantaisie aura brodé avant-hier. Cette angoisse n'est pas née tout à coup, comme elle le prétend.

C'est seulement depuis le récit de Lyngstrand qu'elle rapporte ses premiers troubles à l'époque où ce jeune homme aurait rencontré Johnston ou Friman, — peu importe son nom, — rentrant en Norvège. Cela se serait passé en mars, il y a trois ans.

ARNHOLM

D'après vous, ce ne serait qu'une illusion?

WANGEL

Oui. Les premiers symptômes remontent à une époque bien antérieure. Ce qui est exact, c'est que, il y a trois ans, ils ont abouti à une crise assez violente.

ARNHOLM

Tout de même...!

WANGEL

Oui, mais cela s'explique simplement par l'état où elle se trouvait à ce moment.

ARNHOLM

Ainsi, indication et contre-indication.

WANGEL, se tordant les mains.

Et dire que je ne puis rien pour elle! Je ne sais que faire! Je ne vois aucun moyen!...

ARNHOLM

Si vous vous décidiez à changer de résidence? A aller demeurer ailleurs? A vivre dans des conditions plus appropriées à sa nature?

WANGEL

Croyez-vous, mon ami, que je ne le lui ai pas offert? Je lui ai proposé de nous transporter à Skioldviken. Mais elle ne veut pas.

ARNHOLM

Elle ne veut pas?

WANGEL

Non. Elle prétend que cela ne servirait à rien. Elle a peut-être raison.

ARNHOLM

Hem. Vous croyez?

WANGEL

Oui. Et puis, — quand j'y pense, — je ne sais, à vrai dire, comment exécuter ce projet. En ai-je bien le droit, comme père? Ne faut-il pas que nous habitions quelque part où les fillettes aient, tout au moins, quelque chance de se marier?

ARNHOLM

Se marier? Vous y songez déjà?

WANGEL

Eh ! mon ami, — il le faut bien ! Oui, mais, d'autre part, je dois penser à ma pauvre Ellida ! Ah ! mon cher Arnholm, — on peut dire que je suis entre l'enclume et le marteau !

ARNHOLM

Peut-être n'avez-vous pas tant que cela à vous préoccuper de l'avenir de Bolette. (S'interrompant.) Je voudrais bien savoir où elle — où ils sont allés ?

(Il va vers la porte ouverte et regarde dehors.)

WANGEL, près du piano.

Oh ! je suis prêt à n'importe quel sacrifice pour ces trois êtres. — Si seulement je savais que faire !

(Ellida entre par la porte de gauche.)

ELLIDA, vivement, à Wangel.

Je t'en prie, ne sors pas ce matin !

WANGEL

Non, non. Certainement. Je resterai près de toi. (Indiquant Arnholm, qui se rapproche.) Tu ne dis pas bonjour à notre ami ?

ELLIDA, se retournant.

Ah ! c'est vous, monsieur Arnholm ? Bonjour.

ARNHOLM

Bonjour, Madame. Vous n'avez donc pas pris votre bain ce matin, comme d'habitude?

ELLIDA

Non, non, non ! Pas aujourd'hui! Mais asseyez-vous donc un moment...

ARNHOLM

Non, merci. (Avec un coup d'œil à Wangel.) J'ai promis aux fillettes d'aller les rejoindre au jardin.

ELLIDA

Etes-vous sûr de les y trouver? Je ne sais jamais où elles sont.

WANGEL

Oh ! elles doivent être au bord de l'étang.

ARNHOLM

Soyez tranquille! Je saurai les retrouver.
(Il salue d'un signe de tête et prend par la vérandah pour descendre au jardin, à droite.)

ELLIDA

Quelle heure est-il, Wangel ?

WANGEL, regardant sa montre.

Il est onze heures un peu passées.

ELLIDA

Un peu passées. Et c'est cette nuit, entre onze heures et minuit, que vient le bateau. Ah! si c'était fini !

WANGEL, se rapprochant d'elle.

Chère Ellida, — je voudrais te demander...

ELLIDA

Quoi?

WANGEL

Hier soir, — au *Belvédère*, — tu me disais que, depuis trois ans, il t'arrivait souvent de le voir bien nettement devant toi.

ELLIDA

Oui. C'est vrai.

WANGEL

Sous quel aspect t'apparaissait-il ?

ELLIDA

Sous quel aspect ?

WANGEL

Oui, quelle apparence avait-il au moment où tu croyais l'apercevoir ?

ELLIDA

Mais, mon cher Wangel, tu l'as vu, tu connais
sa figure.

WANGEL

Et c'est bien ainsi qu'il se montrait à ton imagination ?

ELLIDA

Oui.

WANGEL

Tel que tu l'as vu hier soir?

ELLIDA

Exactement.

WANGEL

Comment se fait-il alors que tu ne l'aies pas
reconnu tout de suite ?

ELLIDA, surprise.

Ne l'ai-je pas reconnu ?

WANGEL

Non. Tu m'as dit qu'au premier moment tu ne
savais pas qui était cet étranger.

11

ELLIDA, frappée.

Tiens ! c'est vrai. Je crois que tu as raison !
N'est-ce pas étrange, Wangel? Dire que je ne l'ai
pas reconnu tout de suite !

WANGEL

Tu ne l'as fait, m'as-tu dit, qu'en apercevant ses
yeux.

ELLIDA

Ses yeux, — oui ! ses yeux !

WANGEL

Maintenant, — tu m'as dit là haut, au Belvédère,
que tu le revoyais toujours tel qu'il était au moment des adieux. Il y a dix ans.

ELLIDA

J'ai dit cela ?

WANGEL

Oui.

ELLIDA

C'est que, sans doute, il n'a pas changé depuis
lors.

WANGEL

Si. Tu m'en as fait un portrait tout différent

l'autre soir, en rentrant. Il y a dix ans, il n'avait
pas de barbe. Il était autrement vêtu. Et cette
épingle à perle ? Il ne l'avait pas sur lui hier.

ELLIDA

Non, il ne l'avait pas sur lui.

WANGEL la scrutant du regard.

Tâche de te souvenir, chère Ellida... Ou bien —
serait-ce impossible? Ne te rappellerais-tu plus la
figure qu'avait cet homme quand vous vous êtes
séparés à la pointe de Bratthammer ?

ELLIDA, réfléchit un instant, les yeux fermés.

Pas bien distinctement. Non, aujourd'hui, je ne
peux pas. N'est-ce pas étrange ?

WANGEL

Moins que tu ne le crois. Tu as eu une nouvelle
impression. La réalité d'hier efface l'ancienne, —
qui disparaît.

ELLIDA

Tu crois cela, Wangel?

WANGEL

Et avec elle disparaissent tes fantaisies mor-
bides. Il est donc bon que la réalité soit venue
dissiper les rêves.

ELLIDA

Comment! Cela est bon, dis-tu!

WANGEL

Oui. Nous tenons peut-être le remède.

ELLIDA, s'asseyant sur le sofa.

Viens t'asseoir là, Wangel. Je veux te dire tout ce que je pense.

WANGEL

Je t'écoute, chère Ellida.

(Il s'assied sur une chaise, de l'autre côté de la table.)

ELLIDA

C'est un grand malheur — pour nous deux — que nous nous soyons rencontrés.

WANGEL, avec un haut-le-corps.

Que dis-tu là!

ELLIDA

C'est vrai. Et c'est bien naturel. A quoi pouvait-on s'attendre, dans de telles conditions?

WANGEL

De quelles conditions parles-tu?

ELLIDA

Ecoute, Wangel, — il est inutile, à l'heure qu'il
est, de nous payer de mensonges.

WANGEL

Nous nous sommes donc payés de mensonges,
jusqu'à présent ?

ELLIDA

Oui. Ou, du moins, nous nous sommes dissimulé
la vérité. La vérité, — la vérité pure et sans fard
— c'est que tu es venu là-bas, — m'acheter...

WANGEL

T'acheter ! — tu dis que je t'ai — achetée !

ELLIDA

Oh! je ne me fais pas meilleure que toi. J'ai
consenti. Je me suis vendue.

WANGEL, la regardant douloureusement.

Ellida, — as-tu vraiment le cœur de parler ainsi ?

ELLIDA

De quel nom veux-tu donc que j'appelle ce qui
s'est passé? La solitude te pesait, tu as cherché
une autre femme.

WANGEL

J'ai cherché une seconde mère pour les enfants, Ellida.

ELLIDA

Oui, par surcroît. Peut-être. Et, encore, tu ne pouvais pas savoir si je convenais à ce rôle. Tu m'avais vue. Tu m'avais parlé deux ou trois fois. C'est tout. J'étais de ton goût, et alors...

WANGEL

Bien, appelle cela comme tu voudras.

ELLIDA

De mon côté j'étais seule, sans ressources, sans soutien. Rien d'étonnant à ce que j'aie accepté l'offre que tu m'as faite d'assurer mon avenir.

WANGEL

Ce n'est vraiment pas ainsi que j'ai envisagé la question, chère Ellida. Il ne s'agissait pas d'assurer ton avenir, il s'agissait, je te l'ai loyalement déclaré, de partager avec les enfants et moi le peu que je possède.

ELLIDA

Oui, tu me l'as déclaré. Et moi, j'aurais dû dire

non! Jamais, à aucun prix, je n'aurais dû me vendre! Plutôt le travail le plus humble, les conditions les plus misérables, librement acceptées, librement choisies!

WANGEL, se levant.

Ainsi, les cinq à six ans que nous avons vécus ensemble ne comptent pas pour toi?

ELLIDA

Oh! non, Wangel, ce n'est pas ce que je veux dire! Tu m'as fait l'existence la plus douce qu'on puisse imaginer. N'empêche qu'en venant chez toi je n'ai pas agi librement. Tout est là.

WANGEL, la regardant.

Tu n'as pas agi librement, dis-tu?

ELLIDA

Non. Je n'ai pas agi librement, je le répète.

WANGEL, d'une voix étouffée.

Ah! — j'y suis — l'épreuve d'hier...

ELLIDA

Cette épreuve dit tout. Elle m'a ouvert les yeux. Et je vois les choses telles qu'elles sont.

WANGEL

Que vois-tu?

ELLIDA

Je vois la vie que nous vivons ensemble : une telle union n'est pas un mariage.

WANGEL, amèrement.

En cela, tu as raison. Si tu parles de la vie que nous menons aujourd'hui. Non, en effet, une union de cette espèce n'est pas un mariage.

ELLIDA

Je parle de la vie que nous avons toujours vécue Notre union n'a jamais été un mariage. Dès le premier jour. (Le regard perdu devant elle.) L'autre... aurait pu l'être..., dans toute sa plénitude, dans toute sa vérité.

WANGEL

L'autre? De quel autre parles-tu?

ELLIDA

Je parle de mon union avec lui.

WANGEL, la regarde, étonn .

Je ne te comprends pas.

ELLIDA

Oh! mon cher Wangel, cessons donc de nous mentir l'un à l'autre et de nous payer nous-mêmes de mensonges.

WANGEL

Continue. Où veux-tu en venir?

ELLIDA

Vois-tu, nous aurons beau faire, nous n'arrive-rons pas à nous persuader qu'un engagement volon-taire ait moins de valeur qu'un mariage en règle.

WANGEL

Ah! c'est vraiment...

ELLIDA, se levant brusquement.

Laisse-moi partir, Wangel!

WANGEL

Ellida!... Ellida!...

ELLIDA

Oui, laisse-moi partir! Crois-moi, si je restais ici, cela ne changerait rien, étant donnée la façon dont nous avons été unis.

WANGEL, maîtrisant sa douleur.

Nous en sommes donc là.

ELLIDA

C'était inévitable.

WANGEL, la regardant avec accablement.

Ainsi, je n'ai jamais pu te conquérir. Je ne t'ai jamais entièrement possédée.

ELLIDA

Ah ! Wangel, si je pouvais t'aimer comme je le voudrais ! Avec toute la tendresse que tu mérites ! Mais je sens que je ne le pourrai jamais.

WANGEL

C'est donc le divorce ? C'est le divorce que tu veux ? Un divorce en règle ?

ELLIDA

Tu me comprends si mal, mon ami ! Je me soucie bien de la règle ! Ce n'est pas de formes qu'il s'agit ici. Ce que je veux c'est que nous nous mettions d'accord pour rompre librement les liens qui nous unissent.

WANGEL, amèrement, avec un lent hochement de tête.

Oui, pour rompre le marché.

ELLIDA, vivement.

C'est cela ! Pour rompre le marché !

WANGEL

Et après, Ellida? Oui, quand ce sera fait? Où en serons-nous l'un et l'autre? Comment la vie va-t-elle se dessiner pour chacun de nous? As-tu pensé à cela?

ELLIDA

Peu importe. Advienne que pourra. Le principal, Wangel, c'est ce que je te supplie de faire. Rends-moi ma liberté! Ma pleine liberté!

WANGEL

C'est là, Ellida, une terrible exigence. Laisse-moi, du moins, le temps de prendre une réso-lution. Il faut que nous en parlions encore. Et il te faut à toi-même le temps de réfléchir avant de te décider.

ELLIDA

Mais nous n'avons pas le temps de réfléchir. J'ai besoin de ma liberté aujourd'hui même.

WANGEL

Aujourd'hui? Pourquoi cela?

ELLIDA

Mais — c'est cette nuit qu'il doit venir.

WANGEL, sursautant.

Qu'il doit venir ? Comment ? Qu'a-t-il à faire là dedans, cet étranger ?

ELLIDA

Avant de le revoir, je veux être libre.

WANGEL

Et après ? Que comptes-tu faire ?

ELLIDA

Je ne veux pas m'abriter derrière le mariage, objecter que je n'ai pas de choix à faire. Ce ne me serait pas là une solution.

WANGEL

Tu parles de choix, Ellida ! De choix ! Il y aurait là matière à choix !

ELLIDA

Oui, je dois avoir le choix. Le choix de le laisser partir seul, — ou de le suivre.

WANGEL

Tu ne sais pas ce que tu dis. Le suivre ! Remettre tout ton sort entre ses mains !

ELLIDA

Je l'ai bien remis entre les tiennes ! Tout simplement. Un beau jour.

WANGEL

Fort bien. Mais songe un peu à ce qu'il est. Un
étranger. Un inconnu.

ELLIDA

Eh ! toi aussi tu étais pour moi un inconnu.
Peut-être encore plus inconnu que lui. Cela ne
m'a pas empêchée de te suivre.

WANGEL

Du moins savais-tu à peu près l'existence qui
t'attendait. Mais ici ! Ici ! Réfléchis un peu ! Tu ne
sais rien, rien. Tu ne sais même pas qui il est, ni
ce qu'il est.

ELLIDA, lentement, le regard perdu devant elle.

Tu as raison. C'est là l'épouvantable.

WANGEL

Oh ! oui, c'est épouvantable.

ELLIDA

Il me semble que j'ai ordre d'avancer.

WANGEL, la regardant.

Parce que cela t'épouvante ?

ELLIDA

Oui.

WANGEL, se rapprochant d'elle.

Dis-moi, Ellida, — qu'appelles-tu *l'épouvantable ?*

ELLIDA, réfléchit un instant.

L'épouvantable, c'est ce qui effraie et attire.

WANGEL

Et attire?

ELLIDA

Et attire... surtout.

WANGEL, lentement.

Ah! tu es bien une fille de la mer.

ELLIDA

J'en ai les épouvantes en moi.

WANGEL

Et tu les propages. Toi aussi, Ellida, tu effraies et attires à la fois.

ELLIDA

Tu trouves cela, Wangel ?

WANGEL

C'est vrai, je ne t'ai jamais bien connue, telle
que tu es. Je commence à m'en rendre compte.

ELLIDA

Alors, rends-moi ma liberté ! Délie-moi de tout
ce qui nous unit ! Je ne suis pas celle que tu
croyais, tu le reconnais toi-même. Nous pouvons
donc nous séparer en toute conscience — et en
toute liberté.

WANGEL, péniblement.

Cela vaudrait peut-être mieux pour nous deux.
Et pourtant non ! Je ne peux pas ! Toi aussi,
Ellida, dans *l'épouvante* que tu inspires, c'est l'at-
tirance qui domine.

ELLIDA

Tu trouves ?

WANGEL

Quoi qu'il en soit, ne nous laissons pas égarer.
Jusqu'à la fin du jour, gardons tout notre jugement.
Je ne puis te libérer aujourd'hui. J'ai des devoirs
envers toi. J'ai le devoir de te défendre. Et c'est
aussi mon droit.

ELLIDA

Me défendre? Contre quoi? Rien ne me menace

du dehors. L'épouvante, Wangel, vient d'ailleurs.
Elle a une source plus profonde! Ce qui est épouvantable dans la puissance qui m'attire, c'est qu'elle
est en moi. Que peux-tu contre cela ?

WANGEL

Je puis te fortifier pour la lutte.

ELLIDA

Et — si je ne veux pas lutter ?

WANGEL

Quoi ! tu ne voudrais pas ?...

ELLIDA

Je ne sais que te répondre.

WANGEL

Cette nuit, chère Ellida, tout sera résolu.

ELLIDA, avec explosion.

Pense donc ! Dans quelques heures, ma vie se
décidera !

WANGEL

Et demain.....

ELLIDA

Demain, mon véritable avenir sera peut-être
détruit à jamais.

WANGEL

Ton véritable... ?

ELLIDA

Détruite la grande vie puissante et libre, —
détruite pour moi ! Et peut-être aussi pour lui !

WANGEL, plus bas, lui saisissant le poignet.

Ellida, — as-tu de l'amour pour cet homme ?

ELLIDA

Est-ce que je sais ! Il est, pour moi, l'épouvante
et...

WANGEL

Et... ?

ELLIDA, se dégageant brusquement.

... et ma place, je crois, est auprès de lui.

WANGEL, baissant la tête.

Je commence à tout comprendre.

ELLIDA

Et que peux-tu contre cela ?

WANGEL, avec un morne regard.

Demain... il sera parti. Le malheur sera détourné

de ta tête. Et alors, je consentirai à te délier, à t'affranchir. Nous romprons le marché, Ellida.

ELLIDA

Ah! Wangel, demain il sera trop tard!

WANGEL, regardant vers le jardin.

Les enfants! Les enfants! Ménageons-les, du moins, jusqu'à nouvel ordre.

(Arnholm, Bolette, Hilde et Lyngstrand apparaissent dans le jardin. Lyngstrand prend congé des autres et s'éloigne à gauche. Arnholm, Bolette et Hilde entrent au salon.)

ARNHOLM

Eh bien! on peut dire que nous avons fait des projets.

HILDE

Ce soir, nous allons nous promener sur le fiord. Et après cela...

BOLETTE

Chut! Ne dis rien!

WANGEL

Nous aussi, nous avons formé des projets.

ARNHOLM

Ah ! Vraiment ?

WANGEL

Demain, Ellida part pour Skioldviken, où elle passera quelque temps.

BOLETTE

Elle part ?

ARNHOLM

Voilà qui est raisonnable, madame Wangel.

WANGEL

Ellida veut rentrer. Retrouver la mer.

HILDE, bondissant jusqu'à Ellida.

Tu nous quittes ! Tu nous quittes !

ELLIDA, effrayée.

Voyons, Hilde !... Qu'as-tu !

HILDE, se ressaisit.

Oh ! ce n'est rien. (A demi voix, se détournant d'elle.) Eh bien ! pars.

BOLETTE, avec anxiété.

Père, je vois cela à ta figure, tu pars aussi pour Skioldviken!

WANGEL

Du tout! Je vais peut-être y aller de temps en temps.

BOLETTE

Et puis tu viendras ici.

WANGEL

Oui, je viendrai.

BOLETTE

De temps en temps, aussi!

WANGEL

Chers enfants, il le faut.

(Il traverse la chambre.)

ARNHOLM, bas.

Nous avons à causer, Bolette. Un peu plus tard.

(Il rejoint Wangel. Ils se parlent bas, près de la porte.)

ELLIDA, à demi voix, à Bolette.

Qu'est-ce qui est arrivé à Hilde? Elle avait l'air égarée!

BOLETTE

Tu n'as donc pas remarqué son tourment de tous les instants ?

ELLIDA

Tourmentée, elle ?

BOLETTE

Oui, depuis ton arrivée à la maison.

ELLIDA

Et qu'est-ce qui la tourmente ainsi ?

BOLETTE

Le désir d'entendre de toi une parole de tendresse.

ELLIDA

Ah !... Y aurait-il ici un rôle pour moi !

(Elle se prend la tête dans les deux mains et reste immobile, comme en proie à des pensées et à des impulsions qui se combattent en elle.)

(Wangel et Arnholm traversent la chambre et se rapprochent en causant à voix basse.)

(Bolette va jeter un regard dans la chambre de droite, dont elle ouvre la porte.)

BOLETTE

Mon cher père, le dîner est servi. Veux-tu...

WANGEL, avec un calme forcé.

Le dîner est servi?... Eh bien! mes enfants, nous allons nous mettre à table. Mon cher professeur, veuillez passer! Nous allons vider la coupe des adieux à la santé de « la Dame de la Mer ».

(Ils sortent par la porte de droite.)

CINQUIÈME ACTE

(Même décor qu'au troisième. Soir d'été. L'ombre s'épaissit.)

(*Arnholm, Bolette, Lyngstrand* et *Hilde*, dans une barque, rament vers la droite, le long du bord.)

HILDE

Regardez : nous pouvons très bien sauter à terre ici !

ARNHOLM

Non, non, ne sautez pas !

LYNGSTRAND

Je ne sais pas sauter, Mademoiselle.

HILDE

Et vous, Arnholm, savez-vous sauter ?

ARNHOLM

Je préfère ne pas essayer.

BOLETTE

Eh bien! Amarrons à l'escalier de la maison de bains.

(Ils continuent à ramer vers la droite.)
(A ce moment, Ballested vient de droite, par le sentier, portant un cor de chasse et des notes. Il se tourne vers les rameurs et leur parle. On entend les réponses s'éloigner de plus en plus.)

BALLESTED

Vous dites? Oui, c'est en l'honneur du bateau anglais, dont c'est le dernier voyage dans cette saison. Mais si vous voulez jouir de la fanfare, il faut vous dépêcher. (Criant.) Plait-il? (Secouant la tête.) Je n'entends pas!

ELLIDA, la tête couverte d'un châle, vient de gauche, suivie de Wangel.

WANGEL

Mais, ma chère Ellida, je t'assure que nous avons tout le temps.

ELLIDA

Non, non ! Il peut venir d'un instant à l'autre.

BALLESTED, de derrière la barrière.

Eh ! bonsoir, docteur ! Bonsoir, Madame !

WANGEL, l'apercevant.

Tiens ! c'est vous ? Il y a encore musique ce soir ?

BALLESTED

Oui, vous entendrez « la Fanfare ». Ce ne sont pas les occasions qui nous manquent dans cette saison. Ce soir, nous fêtons le bateau anglais.

ELLIDA

Le bateau anglais? Il est en vue ?

BALLESTED

Pas encore. Mais il arrive de l'intérieur, masqué par les collines. Il sera là avant qu'on ait le temps de se retourner.

ELLIDA

Oui, oui.

WANGEL, à demi tourné vers Ellida.

C'est aujourd'hui son dernier voyage. Il ne reviendra plus.

BALLESTED

C'est triste à penser, docteur. Des semaines, des mois, nous avons joyeusement fêté la belle saison. Il est dur de se résigner aux ténèbres. Du moins, pour commencer. Car il faut bien finir par s'acclimater. N'est-ce pas, madame Wangel? Allons ! bonsoir.

(Il salue et s'en va à droite.)

ELLIDA, les yeux tournés vers le fiord.

Oh ! cette cruelle attente ! Cette demi-heure qui précède la fin.

WANGEL

Ainsi, c'est décidé? Tu vas lui parler seule à seul ?

ELLIDA

Il le faut. Mon choix doit être libre.

WANGEL

Tu n'as pas de choix, Ellida, tu n'as pas le droit de choisir. Je ne te le permets pas.

ELLIDA

Tu ne peux m'interdire le choix. Personne n'a ce pouvoir. Tu peux me défendre de le suivre, — tu peux me retenir de force, contre ma volonté. Oui, tu le peux. Mais ce que tu ne peux pas, — c'est m'empêcher de choisir dans mon for intérieur, — de le choisir lui, pas toi, — si le cœur m'en dit.

WANGEL

Tu as raison. Cela n'est pas en mon pouvoir.

ELLIDA

Et puis, je n'ai rien pour me retenir ici. Rien ne m'attache ici. Je n'ai pas poussé de racines dans ta maison, Wangel. Les enfants ne sont pas à moi. Je veux dire que leurs cœurs ne m'appartiennent pas. Ils ne m'ont jamais appartenu.— En partant, — si je pars, — soit pour le suivre cette nuit, — soit pour rentrer à Skioldviken demain, je n'ai pas une clef à déposer, pas une instruction à laisser. C'est à ce point ! Je suis une déracinée chez toi. En dehors de tout, dès le premier moment!

WANGEL

C'est toi-même qui l'as voulu.

ELLIDA

Non, je ne l'ai pas voulu. Je n'ai voulu ni ceci ni cela. J'ai simplement laissé tout dans l'état où je l'ai trouvé. Toi, — toi seul l'as voulu.

WANGEL

C'est par égard pour toi que j'ai tout réglé de la sorte.

ELLIDA

— Je le sais, Wangel ! Mais cela se paie, cela se venge. A l'heure décisive, je ne trouve ici ni attaches, ni appui, ni secours. Où est-il, ce trésor intime, ce monde à deux, dont je ne devrais pas pouvoir me séparer ?

WANGEL

Tu dis vrai, Ellida. Aussi vas-tu dès demain recouvrer ta liberté. Tu pourras désormais vivre ta propre vie.

ELLIDA

Tu appelles cela ma propre vie ! Oh non! ma vie propre, ma vraie vie a été dévoyée du jour où j'ai consenti à partager la tienne. (Elle se tord les mains avec anxiété.) Et maintenant, — ce soir, — dans une demi-heure, — viendra celui que j'ai trahi, celui à qui j'aurais dû rester fidèle inébranlablement, comme il m'est resté fidèle, lui ! Il viendra m'ordonner, — pour la dernière fois, — de vivre ma propre vie, — la vie qui fait peur et qui attire, — et à laquelle je ne puis renoncer. Du moins volontairement !

WANGEL

Il n'en est que plus urgent que ton mari, — qui

est, en même temps, ton médecin, — t'enlève le pouvoir d'agir — et agisse à ta place.

ELLIDA

Oui, Wangel, j'en conviens. Crois bien qu'il y a des moments où il me semble que je devrais trouver la paix, le salut en m'attachant à toi, de toutes mes forces, et qu'ainsi seulement je pourrais braver les puissances qui effraient et attirent. Mais, cela non plus ne m'est pas donné. Non, non, je ne peux pas !

WANGEL

Viens, Ellida, promenons-nous un peu.

ELLIDA

Je le voudrais. Mais je n'ose pas. C'est ici qu'il m'a dit d'attendre.

WANGEL

Viens, tu as encore beaucoup de temps devant toi.

ELLIDA

Tu crois ?

WANGEL

Certainement, tu as tout le temps.

ELLIDA

Allons, je t'accompagne un instant.

> (Ils s'en vont à droite, au premier plan. En même temps, Arnholm et Bolette apparaissent au bord de l'étang.)

BOLETTE, remarquant son père et Ellida.

Regardez donc !

ARNHOLM, bas.

Chut... ne les dérangeons pas.

BOLETTE

Je voudrais bien savoir ce qui se passe entre eux depuis quelques jours.

ARNHOLM

Vous avez remarqué quelque chose ?

BOLETTE

Si je l'ai remarqué !

ARNHOLM

Quelque chose d'insolite ?

BOLETTE

Oui et non. Vous ne voyez pas cela ?

ARNHOLM

Je ne sais pas...

BOLETTE

Que si ! Vous le voyez. Seulement, vous ne voulez rien dire.

ARNHOLM

Je crois que ce petit voyage fera du bien à votre
belle-mère.

BOLETTE

Vous pensez ?

ARNHOLM

Oui, je pense que ce sera tant mieux pour les
deux, qu'elle puisse s'éloigner de temps en temps.

BOLETTE

Si elle part demain pour Skioldviken, elle ne
reviendra plus jamais parmi nous.

ARNHOLM

Allons donc, chère Bolette ! Qu'est-ce qui vous
passe par la tête ?

BOLETTE

J'en suis absolument convaincue. Vous allez
voir ! elle ne rentrera plus. En tout cas, pas aussi
longtemps que nous serons à la maison, Hilde et
moi.

ARNHOLM

Hilde aussi ?

BOLETTE

Avec Hilde, cela pourrait encore s'arranger. Ce n'est presque qu'une enfant. Et puis, je crois qu'au fond elle adore Ellida. Mais, avec moi, c'est une autre affaire. Une belle-mère qui est à peu près de mon âge...

ARNHOLM

Ma chère Bolette, — il se pourrait que vous n'eussiez plus longtemps à rester ici.

BOLETTE, s'animant.

Vrai ? Vous avez donc parlé à père !

ARNHOLM

J'ai également parlé à votre père. Oui.

BOLETTE

Et qu'a-t-il dit ?

ARNHOLM

Hem... Votre père a de si graves préoccupations depuis quelques jours.

BOLETTE

Oui, c'est ce que je disais tout à l'heure.

ARNHOLM

Je ne sais qu'une chose: c'est que vous ne devez compter sur aucune assistance de sa part.

BOLETTE

Ah... !

ARNHOLM

Il m'a très clairement exposé sa situation. Il ne peut vous venir en aide, dit-il : il n'en a pas les moyens.

BOLETTE, avec un reproche.

Et vous avez eu le cœur de me leurrer, comme vous venez de le faire.

ARNHOLM

Je ne vous ai pas leurrée, ma chère Bolette. Il ne dépend que de vous de sortir d'ici.

BOLETTE

Qu'est-ce qui dépend de moi ?

ARNHOLM

De connaître le monde. D'apprendre ce qui vous intéresse. De prendre part à la vie dont vous rêvez ici, dans votre coin. De passer de l'ombre à la lumière. Qu'en dites-vous, Bolette ?

13

BOLETTE, *joignant les mains.*

Ah, Dieu, ce que j'en dis...? Mais tout cela est irréalisable. Du moment où père ne veut pas et ne peut pas... Je n'ai personne d'autre à qui m'adresser.

ARNHOLM

Et si une main amie se tendait vers vous...? Celle de votre vi... — de votre ancien précepteur ? La repousseriez-vous ?

BOLETTE

Vous, monsieur Arnholm ! Vous voudriez... ?

ARNHOLM

Vous assister de tout mon cœur. Vous pouvez disposer de moi. — Vous acceptez ? Dites !

BOLETTE

Si j'accepte ! Sortir d'ici ! Connaître le monde ! Apprendre quelque chose à fond ! Tout ce qui apparaissait jusqu'ici comme une grande et merveilleuse impossibilité... !

ARNHOLM

Oui, tout cela peut se transformer en réalité. Cela ne dépend que de vous.

BOLETTE

Quoi ! Vous m'aideriez à réaliser ce bonheur
sans nom ! — Non, mais, vraiment, puis-je accepter un tel sacrifice d'un étranger ?

ARNHOLM

Vous pouvez tout accepter de moi, Bolette, tout.

BOLETTE, lui saisit les mains.

Oui, je le crois. Je ne sais ce que j'ai, mais...
(Avec explosion.) Oh ! je voudrais rire et pleurer de
joie ! De bonheur ! Quoi ! je pourrai vivre la vraie
vie ! Je commençais à craindre qu'elle ne m'échap-
pât.

ARNHOLM

Vous n'avez plus à le craindre, chère Bolette.
A présent il faut me dire bien franchement — s'il
n'y a rien — rien qui vous attache ici ?

BOLETTE

Qui m'attache ? Non, rien que je sache.

ARNHOLM

Absolument rien ?

BOLETTE

Absolument rien. C'est-à-dire — il y a bien mon
père. Et Hilde. Mais...

ARNHOLM

Mon Dieu, — vous serez bien obligée de quitter
votre père un jour ou l'autre. Quant à Hilde, elle
aussi suivra sa propre destinée. Ce n'est donc là
qu'une question de temps. Ni plus ni moins. Ainsi,
Bolette, vous ne connaissez pas ici d'autres liens,
d'autres attaches ?

BOLETTE

Aucuns. Rien qui m'empêche, s'il ne tenait qu'à
moi, de partir quand bon me semble.

ARNHOLM

En ce cas, ma chère Bolette, ne pourrions-nous
partir ensemble ?

BOLETTE, frappant des mains.

Ah ! Dieu de Dieu ! quel bonheur ! Quand on y
pense !

ARNHOLM

Car je suppose que vous avez pleine confiance
en moi ?

BOLETTE

Ah ! certes, j'ai confiance en vous !

ARNHOLM

Vous n'hésiteriez pas à me confier entièrement votre avenir, Bolette ? N'est-ce pas ?

BOLETTE

En doutez-vous ? A vous, mon ancien maître?

ARNHOLM

Il ne s'agit pas seulement de cela, c'est le moindre côté de la question. Mais... Voyons!... Vous êtes libre, dites-vous. Il n'y a pas de liens qui vous retiennent. Alors, je viens vous demander si vous consentiriez à en contracter avec moi pour la vie?

BOLETTE, reculant, effrayée.

Vous dites...?

ARNHOLM

Oui, Bolette, pour la vie. En un mot, à devenir ma femme?

BOLETTE, à demi voix, à elle-même.

Non, non, non! C'est impossible! Tout à fait impossible!

ARNHOLM

Vraiment? Il vous serait tout à fait impossible de...?

BOLETTE

Voyons, monsieur Arnholm, ce n'est pas sérieux ! (Le regardant.) Et pourtant... Si... C'est donc ainsi que vous l'entendiez tout à l'heure?

ARNHOLM

Ecoutez-moi bien, mademoiselle Bolette. Mes paroles ont l'air de bien vous surprendre.

BOLETTE

Comment n'en serais-je pas surprise?

ARNHOLM

Vous avez raison, d'autant plus que vous ne saviez pas..., que vous ne pouviez pas savoir...,que c'est pour vous que je suis venu ici.

BOLETTE

C'est pour moi que vous êtes venu? Pour moi?

ARNHOLM

Ce printemps, j'ai reçu une lettre de votre père, dans laquelle se trouvait un passage qui m'a fait croire que... hem... que vous aviez conservé à votre ancien maître un souvenir... où il y avait plus que de l'amitié.

BOLETTE

Comment père a-t-il pu vous écrire une chose pareille !

ARNHOLM

Ce n'est pas ce qu'il voulait dire. J'avais mal compris. N'empêche que j'ai vécu depuis lors dans l'idée qu'une jeune fille m'attendait, soupirait après moi... Laissez-moi parler, chère Bolette ! Voyez-vous, quand on a dépassé la première jeunesse, une telle idée, illusoire ou non, impressionne plus que de raison. Celle-ci a développé en moi une affection reconnaissante. Je ne pensais plus qu'à vous retrouver. Qu'à vous revoir. Qu'à vous dire que je partageais les sentiments que je m'imaginais vous avoir inspirés.

BOLETTE

Mais maintenant que vous savez que c'était un malentendu !...

ARNHOLM

N'importe ! Votre image s'est fixée en moi pour toujours telle que ce malentendu l'avait créée... Vous ne pouvez pas comprendre cela. Mais cela est.

BOLETTE

Jamais je ne l'aurais cru.

ARNHOLM

Mais, du moment où c'est ainsi? Qu'en dites-vous, Bolette? Ne pourriez-vous vraiment pas vous résoudre à... eh bien, oui! à devenir ma femme?

BOLETTE

Oh! Mais cela me paraît impossible, monsieur Arnholm! Vous, mon ancien maître! Je ne puis me représenter d'autres relations entre nous.

ARNHOLM

Allons! Puisque vous ne le pouvez pas, la situation reste la même.

BOLETTE

Que voulez-vous dire?

ARNHOLM

Qu'il n'y a là rien pour modifier mes desseins à votre égard. Je veillerai à ce que vous sortiez d'ici et appreniez à connaître le monde. A ce que vous puissiez étudier ce qui vous intéresse. A ce que vous ayez une existence assurée et indépendante. J'assurerai aussi votre avenir, Bolette. Enfin, vous aurez toujours en moi un ami sûr et fidèle. Comptez-y.

BOLETTE

Hélas ! hélas ! monsieur Arnholm, tout cela est désormais impossible.

ARNHOLM

Impossible? Cela aussi?

BOLETTE

Mais oui. Y pensez-vous ! Après ce que vous m'avez dit, et après ce que je vous ai répondu... Vous comprenez bien que je ne puis accepter de vous de tels sacrifices ! Je ne puis plus rien accepter de vous. Jamais !

ARNHOLM

Voulez-vous donc rester ici pour toujours et laisser la vie vous échapper ?

BOLETTE

Oh! c'est bien cruel !

ARNHOLM

Voulez-vous renoncer à voir ce qui se passe dans le monde? A prendre part à tout ce que la vie a pour vous de séduisant? Vous dire qu'il y a tant de choses dont vous êtes impitoyablement et à jamais exclue? C'est le cas d'y songer, Bolette.

BOLETTE

Oui, oui, monsieur Arnholm, vous avez bien raison.

ARNHOLM

Et quand votre père ne sera plus, savez-vous que vous resteriez peut-être seule au monde, sans appui, sans soutien? A moins d'en épouser un autre, pour qui, peut-être, vous n'éprouveriez pas plus de penchant que...

BOLETTE

Oh! Je vois ce qu'il y a de vrai dans ce que vous me dites. N'importe! Si cependant?...

ARNHOLM, vivement.

Si?...

BOLETTE, le regardant, indécise.

Si, cependant, ce n'était pas tout à fait impossible?

ARNHOLM

Comment l'entendez-vous, Bolette?

BOLETTE

Oui, si ce n'était pas impossible..., d'accepter...
ce que vous me proposiez à l'instant?

ARNHOLM

Vous voulez dire de... de m'accorder, du moins,
la joie de vous assister en véritable ami?

BOLETTE

Non, non, non! Pas cela, jamais! Cela ne se peut
pas!... Non, monsieur Arnholm, je préfère être à
vous.

ARNHOLM

Bolette! Vous consentez malgré tout?

BOLETTE

Je... consens... oui.

ARNHOLM

A être ma femme!

BOLETTE

Oui. Si vous persistez quand même.

ARNHOLM

Si je persiste! (Lui saisissant la main.) Oh! merci,
Bolette, merci!... Quant à ce que vous m'avez dit,

de vos hésitations, cela ne m'effraie pas. Si votre
cœur n'est pas encore entièrement à moi, je saurai
le gagner. Oh, Bolette! Je vous porterai sur les
bras!

BOLETTE

Et je vais connaître le monde! Vivre la vie.
Vous me l'avez promis.

ARNHOLM

Je tiendrai ma promesse.

BOLETTE

Et je pourrai étudier tout ce qui m'intéresse.

ARNHOLM

Je serai votre professeur, comme jadis, Bolette.
Souvenez-vous de votre dernière année d'études.

BOLETTE, doucement, plongée dans ses réflexions.

Dire que je me sentirai libre, — que le monde
s'ouvrira devant moi. Et pas de souci du lende-
main. Je n'aurai pas à songer à cette maudite
question de pain.

ARNHOLM

Non, vous n'aurez pas à y songer, je vous assure.
Et cela vaut aussi quelque chose, n'est-ce pas,
Bolette?

BOLETTE

Oui. Cela vaut quelque chose. Je le sais.

ARNHOLM, *passant le bras autour de sa taille.*

Vous allez voir, Bolette, comme nous nous arrangerons gentiment. Et quel bon ménage uni, solide, confiant l'un dans l'autre, nous ferons.

BOLETTE

Oui, je commence aussi à — croire que tout finira bien. (Elle regarde à droite et se dégage vivement.) Ah ! Ne dites rien !

ARNHOLM

Qu'y a-t-il, Bolette ?

BOLETTE

Oh ! c'est ce malheureux. (Indiquant.) Regardez.

ARNHOLM

Votre père ?

BOLETTE

Non, ce jeune sculpteur. Il se promène avec Hilde.

ARNHOLM

Lyngstrand ? Eh bien ?

BOLETTE

Oh ! vous savez dans quel état il est.

ARNHOLM

Oui. A moins que ce ne soit un mal imaginaire.

BOLETTE

Hélas, non! Il n'en a pas pour longtemps, je crois. Et ce sera tant mieux pour lui.

ARNHOLM

Pourquoi dites-vous cela, chère amie ?

BOLETTE

Parce que — parce que son art, — c'est bien peu de chose, je le crains. Allons-nous-en avant qu'ils soient là. Voulez-vous?

ARNHOLM

Je ne demande pas mieux, ma chère Bolette.

(Hilde et Lyngstrand apparaissent près de l'étang.)

HILDE

Eh ! là-bas! Attendez-nous donc!

ARNHOLM

Nous vous précédons un peu, Bolette et moi.

(Arnholm et Bolette sortent à gauche.)

LYNGSTRAND, avec un sourire discret.

C'est bien drôle. Depuis quelque temps, on ne se promène plus ici que par couples. On s'en va toujours deux par deux.

HILDE, les suivant des yeux.

Je parie qu'il lui fait la cour.

LYNGSTRAND

Vous l'avez remarqué ?

HILDE

Ce n'est pas difficile. Il suffit d'avoir des yeux.

LYNGSTRAND

Oui, mais mademoiselle Bolette ne l'acceptera pas. J'en suis sûr.

HILDE

Non, car elle le trouve bien vieilli. Elle croit qu'il sera bientôt chauve.

LYNGSTRAND

Ce n'est pas seulement à cause de cela. Elle ne l'accepterait pas quand même.

HILDE

Qu'en savez-vous ?

LYNGSTRAND

J'en connais un autre à qui elle a promis de penser.

HILDE

C'est tout ?

LYNGSTRAND

Oui, de penser à lui quand il sera loin.

HILDE

C'est peut-être vous ?

LYNGSTRAND

Cela se pourrait.

HILDE

Elle vous a promis cela ?

LYNGSTRAND

Eh bien, oui ! Elle me l'a promis. Mais ne lui dites pas que vous le savez.

HILDE

Dieu m'en garde ! Je suis muette comme la tombe.

LYNGSTRAND

C'est bien gentil à vous.

HILDE

Et quand vous serez de retour ? Vous vous fian-
cerez ? Vous l'épouserez.

LYNGSTRAND

Non. C'est impossible. Dans les premiers temps,
je ne pourrai pas songer à me marier. Et plus tard
elle sera un peu trop âgée pour moi.

HILDE

Et pourtant vous voulez qu'elle pense à vous, de
loin ?

LYNGSTRAND

Oui, cela me sera d'un grand secours. Au point
de vue de l'art, vous comprenez ? Quant à elle,
qu'est-ce que cela peut lui faire ? Elle n'a rien autre qui la préoccupe. N'empêche qu'elle ait été bien
gentille de me faire cette promesse.

HILDE

Croyez-vous que cela vous fasse achever votre
œuvre plus vite, de savoir que Bolette pense à vous ?

LYNGSTRAND

J'en suis sûr. Savoir qu'il existe quelque part,
dans un coin du monde, une douce et délicate jeune

14

fille qui rêve à vous en silence, — c'est là, j'imagine, quelque chose de — de — je ne sais comment m'exprimer.

HILDE

D'émotionnant ? C'est ce que vous voulez dire ?

LYNGSTRAND

D'émotionnant ? C'est cela. C'est le mot. (Il la regarde un instant,) Vous êtes si intelligente, mademoiselle Hilde ! si intelligente ! Quand je rentrerai, vous aurez à peu près l'âge qu'a aujourd'hui votre sœur. Peut-être aussi aurez-vous son visage ? Peut-être aussi ses goûts ? Peut-être serez-vous elle et vous en une seule personne, si j'ose m'exprimer ainsi.

HILDE

Vous aimeriez cela ?

LYNGSTRAND

Je ne sais pas. Je crois presque que oui. Mais maintenant, — cet été — je préfère que vous soyez vous-même, telle que vous êtes.

HILDE

Vous m'aimez mieux ainsi ?

LYNGSTRAND

Je vous aime beaucoup ainsi.

HILDE

Hein, — dites-moi, vous qui êtes artiste, cela vous plaît-il de me voir toujours en robe claire ?

LYNGSTRAND

Cela me plaît beaucoup.

HILDE

Vous trouvez que le clair me va bien ?

LYNGSTRAND

Il vous va délicieusement, à mon avis.

HILDE

Et maintenant, dites-moi, — vous qui êtes artiste, — me voyez-vous en noir ?

LYNGSTRAND

En noir, mademoiselle Hilde ?

HILDE

Oui. Tout en noir. Croyez-vous que cela m'irait bien ?

LYNGSTRAND

Ce n'est pas exactement de saison en été, le

noir. Au reste, je crois que le noir vous siérait aussi. Justement, avec votre figure...

HILDE, le regard perdu devant elle.

En noir jusqu'au cou. — Avec du crêpe noir tout autour. — Des gants noirs. — Et un long voile noir par derrière.

LYNGSTRAND

Si vous étiez vêtue de la sorte, mademoiselle Hilde, je voudrais être peintre pour vous peindre en jeune veuve éplorée et charmante.

HILDE

Ou en jeune fiancée en deuil.

LYNGSTRAND

Oui, cela vous conviendrait encore mieux. Mais cela ne peut pas vous tenter, dites ?

ELLIDA

Qui sait. Je trouve cela émotionnant.

LYNGSTRAND

Emotionnant ?

HILDE

Oui, c'est émotionnant d'y penser. (Indiquant tout à coup à droite.) Oh ! regardez !

LYNGSTRAND, regardant.

Le grand bateau anglais ! Déjà accoté au débarcadère !

(Wangel et Ellida apparaissent près de l'étang.)

WANGEL

Mais je t'assure, ma chère Ellida, que tu te trompes ! (Il aperçoit Hilde et Lyngstrand.) Ah ! vous voici vous deux ? N'est-ce pas, monsieur Lyngstrand, qu'il n'est pas encore en vue ?

LYNGSTRAND

L'anglais ?

WANGEL

Oui.

LYNGSTRAND, montrant.

Le voici, monsieur le docteur.

ELLIDA

Ah... ! Je savais bien...

WANGEL

Il est là !

LYNGSTRAND

Comme un loup dans une bergerie, on peut le

dire. Cela a tout de même du style, cette façon d'aborder en silence.

WANGEL

Allez donc bien vite au débarcadère avec Hilde. Dépêchez-vous. Elle tient à entendre la musique.

LYNGSTRAND

Oui, monsieur le docteur. Nous allions justement nous y rendre.

WANGEL

Nous vous rejoindrons peut-être, dans un moment.

HILDE, bas à Lyngstrand.

Encore un couple, ces deux-là.

(Hilde et Lyngstrand traversent le jardin et prennent à gauche. Pendant les scènes suivantes, on entend les sons de la fanfare, venant du fiord.)

ELLIDA

Il est là ! Tout près ! — Je le sens.

WANGEL

Tu ferais mieux de rentrer, Ellida, et de me laisser m'expliquer avec lui.

ELLIDA

Oh! c'est impossible! Impossible, te dis-je!
Poussant un cri.) Regarde, Wangel, — le voici!

(L'Etranger arrive de gauche et s'arrête sur le
sentier, de l'autre côté de la barrière.)

L'ÉTRANGER, saluant.

Tu vois, Ellida, je suis venu.

ELLIDA.

Oui, oui, oui, — voici l'heure.

L'ÉTRANGER

Es-tu prête à partir? Oui ou non?

WANGEL

Vous voyez bien qu'elle ne l'est pas.

L'ÉTRANGER

Il ne s'agit pas de costume de voyage. Ni de
malles. J'ai à bord tout ce qu'il lui faut. Et sa
cabine est retenue. (A Ellida.) Je te demande si tu
es prête à me suivre, — volontairement, de plein
gré.

ELLIDA, suppliante.

Oh! ne m'interrogez pas! Ne me tentez pas
ainsi!

(On entend au loin la cloche du départ.)

L'ÉTRANGER

C'est le premier coup. Il faut dire oui ou non.

ELLIDA

Décider ! Pour la vie ! Sans retour !

L'ÉTRANGER

Sans retour ! Dans une demi-heure, il sera trop tard.

ELLIDA, avec un regard craintif et scrutateur.

Pourquoi tenez-vous à moi ?

L'ÉTRANGER

Ne sens-tu pas toi-même ce qui nous lie ?

ELLIDA

Ma promesse ?

L'ÉTRANGER

Une promesse n'engage à rien, ni l'homme ni la femme. Si je tiens à toi, c'est que je ne puis faire autrement.

ELLIDA, bas, d'une voix tremblante.

Pourquoi n'êtes-vous pas venu plus tôt ?

WANGEL

Ellida !

ELLIDA, avec explosion.

Oh! cette force qui me sollicite, qui me tente, qui m'attire, la force de l'inconnu! Toutes les puissances de la mer se résument en elle!

(L'Étranger franchit la barrière.)

ELLIDA, recule et se réfugie derrière son mari.

Que faites-vous? Que voulez-vous?

L'ÉTRANGER

Je le vois, je l'entends à ta voix, Ellida, c'est sur moi que tombera ton choix.

WANGEL, s'avançant contre lui.

Ma femme n'a pas à choisir. Je suis là pour la représenter et pour la défendre. Oui, pour la défendre! Si vous ne détalez pas, si vous ne quittez pas le pays, — pour ne jamais revenir — savez-vous ce qui vous attend?

ELLIDA

Non, non. Wangel! Pas cela!

L'ÉTRANGER

Que me ferez-vous?

WANGEL

Je vous ferai enfermer comme un malfaiteur!

Sur-le-champ! Avant que vous soyez à bord! Car je sais à quoi m'en tenir sur le meurtre de Skiold-viken.

ELLIDA

Oh, Wangel! comment peux-tu...?

L'ÉTRANGER

Je m'y attendais. Aussi (tirant un revolver de sa poche de devant) mes précautions sont-elles prises.

ELLIDA, se jetant devant son mari.

Non, non, ne le tuez pas! Tuez-moi plutôt, moi!

L'ÉTRANGER

Il ne s'agit ni de lui, ni de toi. Sois tranquille. Ceci est à mon propre usage. Libre j'ai vécu, libre je veux mourir.

ELLIDA, de plus en plus exaltée.

Wangel! Laisse-moi te le dire de façon à ce qu'il l'entende! Si tu veux me retenir, tu le peux! Tu en as les moyens et le pouvoir! Et tu le feras! Mais mon âme, mes pensées, mes désirs, mes élans, tout cela t'échappe! Ils s'envolent, d'un vol irrésistible, vers l'inconnu, pour lequel je suis faite, et dont tu m'as séparée!

WANGEL, avec une douleur contenue.

Oui, Ellida, je le vois, tu m'échappes, tu me glisses des mains. Le désir de l'illimité, de l'infini, de ce qui ne peut s'atteindre, finira par entraîner ton esprit jusqu'aux ténèbres qui le guettent.

ELLIDA

Oui, oui, je le sens, je sens au-dessus de moi comme de grandes ailes noires !

WANGEL

Les choses n'en viendront pas là. Il n'y a qu'un moyen de te sauver. Je n'en vois pas d'autre, en tout cas. Je consens donc à ce que le marché soit rompu — immédiatement. — Dès lors, tu peux choisir ton chemin, en pleine, pleine liberté.

ELLIDA, le regarde, muette, un instant.

Est-ce vrai, est-ce bien vrai, ce que tu dis? Est-ce bien ton cœur qui parle?

WANGEL

Oui, c'est mon cœur, oui, c'est bien mon cœur torturé.

ELLIDA

Et tu peux, tu peux laisser ainsi les choses s'accomplir?

WANGEL

Oui, je le puis. Je le puis parce que je t'aime par-dessus tout.

ELLIDA, bas, d'une voix tremblante.

Elle est donc si profonde, si intime, la place que j'occupe chez toi?

WANGEL

Oui, c'est l'œuvre des années et de la vie en commun.

ELLIDA, croisant les mains.

Et moi, qui ne m'en étais pas doutée.

WANGEL

Tes pensées étaient ailleurs. Enfin ! Te voici absolument détachée de moi. Et des miens. Désormais ta vie, ta vraie vie, peut rentrer dans son ornière. Tu peux choisir librement, Ellida. Et sous ta propre responsabilité.

ELLIDA, se prend la tête entre les mains et fixe ses regards sur Wangel.

Librement, et sous ma propre responsabilité ! Sous ma responsabilité?... Comme tout se transforme !

(Nouveau coup de cloche.)

L'ÉTRANGER

Tu entends, Ellida! C'est le dernier coup! Viens!

ELLIDA, se tourne vers lui, le regarde fermement et dit d'une voix
bien assurée.

Après ce qui vient de se passer? Jamais je ne
vous suivrai.

L'ÉTRANGER

Tu ne viens pas?

ELLIDA, s'attachant au cou de Wangel.

Jamais, après cela, je ne te quitterai!

WANGEL

Ellida, Ellida!

L'ÉTRANGER

Ainsi, tout est fini?

ELLIDA

Oui, à tout jamais!

L'ÉTRANGER

Je le vois, il y a ici quelque chose de plus fort
que ma volonté.

ELLIDA

Votre volonté n'a plus de prise sur moi. Vous

êtes mort pour moi, un mort sorti de la mer pour y rentrer. Mais vous ne me faites plus peur. Et vous ne me fascinez plus.

L'ÉTRANGER

Adieu, madame! (Il repasse la barrière.) Désormais vous n'êtes plus dans ma vie qu'un naufrage de plus.

(Il s'en va à gauche.)

WANGEL, regarde un instant Ellida.

Ellida, ton âme est comme la mer. Sujette au flux et au reflux. D'où est venue la transformation?

ELLIDA

Le transformation? Tu ne comprends donc pas que la liberté du choix devait tout transformer?

WANGEL

Et l'inconnu ne t'attire plus?

ELLIDA

Il ne m'effraie plus ni ne m'attire! J'ai pu le mesurer des yeux, j'étais libre de m'y précipiter, si j'avais voulu. Libre de choisir. Donc libre de renoncer.

WANGEL

Je commence à te comprendre, peu à peu. Tu penses et tu conçois en images, en représentations visibles. Ta nostalgie de la mer, de même que la fascination exercée sur toi par cet étranger, tout cela était l'expression d'un besoin de liberté s'éveillant et grandissant en toi. Voilà !

ELLIDA

Oh ! Je ne sais que te dire. Ce qui est sûr, c'est que tu fus pour moi un excellent médecin. Tu as trouvé le vrai remède, le seul qui pouvait agir, et tu as eu le courage de l'employer.

WANGEL

Eh ! nous savons oser, nous autres médecins, dans les cas extrêmes. Ainsi, Ellida, tu me reviens ?

ELLIDA

Oui, mon cher Wangel, mon fidèle appui, je te reviens. Je le puis, maintenant. Car je viens à toi librement, de plein gré, et sous ma pleine responsabilité.

WANGEL, la regardant tendrement,

Ellida ! Ellida ! Dire que nous pourrons désormais vivre l'un pour l'autre.

ELLIDA

Et partager nos souvenirs. Les mettre en commun, toi et moi !

WANGEL

N'est-ce pas, ma chérie !

ELLIDA

Et vivre aussi pour *nos* deux enfants.

WANGEL

Nos enfants, dis-tu ?

ELLIDA

Oh ! ils ne sont pas encore à moi, mais je saurai
les gagner.

WANGEL

Nos enfants ! (Il lui baise les mains avec un joyeux trans-
port.) Oh ! merci pour ces paroles ! Du fond de
l'âme, merci !

(Hilde, Ballested, Lyngstrand, Arnholm et Bolette
entrent au jardin, venant de gauche.)
(Au même moment, on aperçoit sur le sentier des
Jeunes gens et des Jeunes filles de la ville, ainsi que
des Etrangers en villégiature.)

HILDE, à demi voix à Lyngstrand.

Regardez donc, ne dirait-on pas deux fiancés ?

BALLESTED, qui a entendu.

C'est l'été qui agit, ma petite demoiselle.

ARNHOLM, regardant Wangel et Ellida.

Voici l'anglais qui repart.

BOLETTE, allant à la barrière.

On le voit très bien d'ici.

LYNGSTRAND

C'est son dernier voyage de cette année.

BALLESTED

Adieu raisins, vendanges sont faites ! C'est triste à penser, madame Wangel ! Et voilà que vous nous quittez aussi. J'entends dire que vous partez demain pour Skioldviken.

WANGEL

Il n'en sera rien. Nous avons changé d'idée.

ARNHOLM, les regardant tour à tour l'un et l'autre.

Ah, vraiment ?

BOLETTE, s'avançant au premier plan.

Est-ce vrai, père !

HILDE, se précipitant vers Ellida.

Tu restes avec nous !

15

ELLIDA

Oui, chère Hilde, si tu veux de moi.

HILDE, partagée entre le rire et les larmes.

Si je veux!

ARNHOLM, à Ellida.

On peut dire que voici une bonne surprise!

ELLIDA, avec un grave sourire.

Eh! monsieur Arnholm, vous rappelez-vous notre entretien d'hier? L'être qui s'habitue à vivre sur terre perd le chemin de la mer. La vie de mer le quitte.

BALLESTED

Tiens! C'est le cas de ma sirène!

ELLIDA

A peu près.

BALLESTED

A cette différence près que la sirène en meurt. Tandis que les hommes sont capables de s'acclimater. Oui, oui, — madame Wangel, je vous assure — qu'ils peuvent s'acclimater!

ELLIDA

Oui, monsieur Ballested, à une condition : la liberté.

WANGEL

Et la responsabilité, chère Ellida.

ELLIDA vivement, lui tendant la main.

Tu as raison !

(Le grand bateau s'éloigne sans bruit. La musique se rapproche.)

FIN

POITIERS

Imprimerie Blais et Roy

7, rue Victor-Hugo, 7